官商鬥法

第二輯

之16

政界不倒翁

目錄 CONTENTS

第一章

酒中之王

這時，喬玉甄拿了一瓶酒液金黃、外包裝是外文的葡萄酒和兩個高腳杯，還有一盤開心果過來。

傅華看了說：「今天倒是好口福啊，你這裏居然有貴腐酒。看這個標籤，這還應該是酒中之王，號稱王室之酒的托卡伊阿蘇吧？」

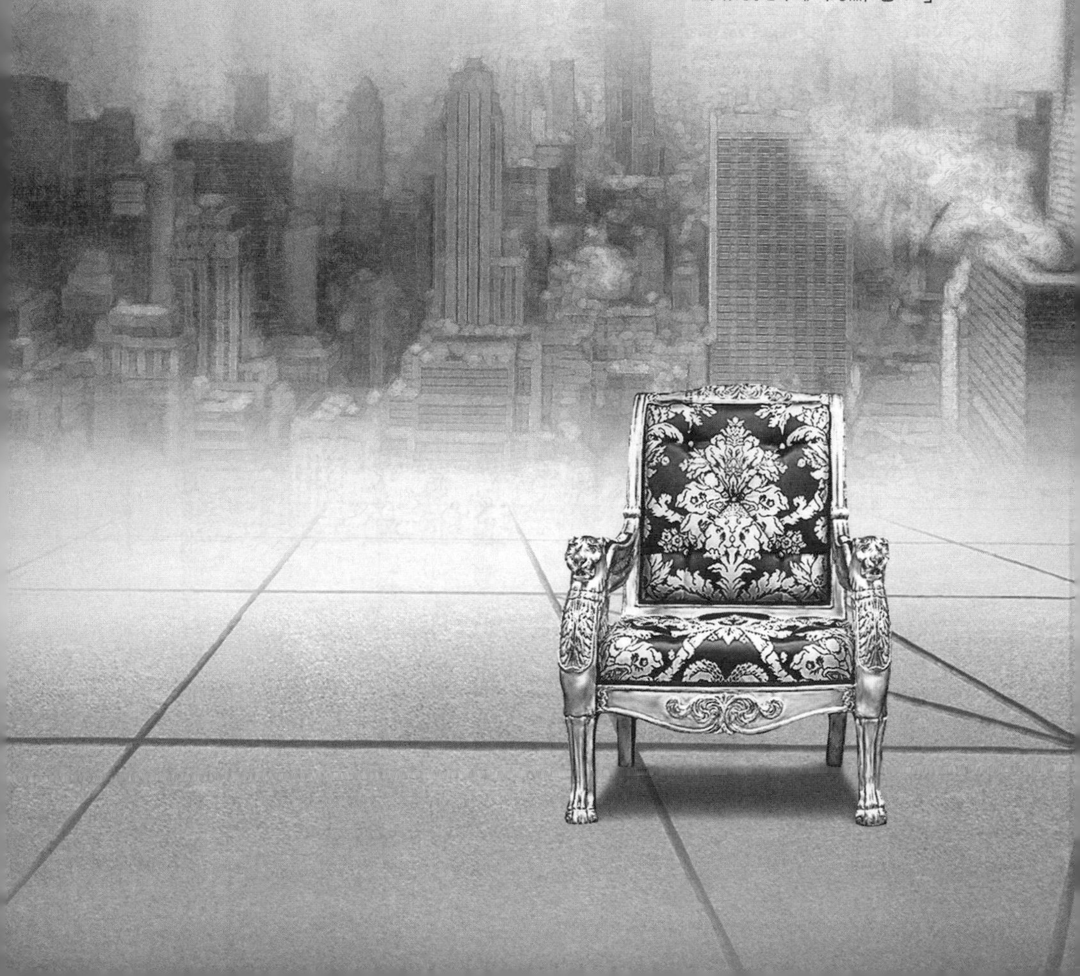

喬玉甄朗誦完，情緒十分低落，半天沒說話。傅華也不知道該如何安慰她，空氣中出現了一陣短暫的沉默。

過了一會兒，喬玉甄自己從低落的情緒中恢復過來，淺笑了笑說：「想不到我還這麼有學問吧？」

傅華搖搖頭說：「我還真沒想到你能這麼流利的把哈姆雷特的獨白背出來。」

喬玉甄說：「我在香港是讀教會學校，神父常會帶我們排演一些莎士比亞的戲劇，在哈姆雷特中，我演哈姆雷特的情人奧菲利亞，這段獨白我經常陪當時演哈姆雷特的學長一起練習，所以腦海裏印象很深。」

傅華看到喬玉甄提到那位學長時，眼神中閃過一道亮光，顯然這個學長與喬玉甄有著很深的關係。

喬玉甄這時突然說道：「你等一下啊，我拿點東西給你看。」

喬玉甄離開客廳，去了房間，過一會兒，拿了一張看上去有點舊的照片過來，遞給傅華，說：「給你看。」

傅華接過來一看，照片上一男一女都穿著歐洲貴族的衣服，兩人年紀看上去都很年輕，十幾歲的樣子，那個女子面孔雖然很稚嫩，但是隱約還是能看出跟喬玉甄很相似。

傅華就說：「這是你跟學長演哈姆雷特時的劇照？」

喬玉甄點點頭說：「是的，那個學長叫韋之，你仔細看看他的模樣，有什麼特別的？」

傅華仔細瞧看著照片上男人的臉，不感覺有什麼特別，只覺得男人的表情跩跩的，不過男人演的角色是哈姆雷特，這個神情倒也符合角色的需要。

傅華納悶的說：「我不知道你想讓我看什麼？」

喬玉甄賣著關子說：「你再好好看看。」

傅華再仔細端詳起照片上的男子，看了半天也沒看出所以然來。

這時，喬玉甄拿了一瓶酒液金黃、外包裝是外文的葡萄酒和兩個高腳杯，還有一盤開心果過來。

傅華看了說：「今天倒是好口福啊，你這裏居然有貴腐酒。看這個標籤，這應該是酒中之王，號稱王室之酒的托卡伊阿蘇吧？」

喬玉甄笑說：「不愧是搞接待的，一眼就看出這酒的來歷。這是我的朋友從匈牙利帶回來的，送了我兩瓶，這酒口感比較甜，配開心果之類的堅果正好。」

傅華不禁嘆說：「我怎麼就沒這種好朋友呢?!」

傅華之所以羨慕，是因爲貴腐酒是很難得到的。它是利用附著於葡萄皮上一種被稱之爲貴族黴的作用釀製而成。貴族黴是一種天然的黴菌，當成熟的葡萄感染這種黴菌時，黴菌的菌絲會穿透葡萄皮，葡萄內的水分會有部分被吸收或蒸發，因此葡萄會乾縮，使葡萄內的糖分和其他成分濃縮，並產生特殊的香味。

釀造貴腐酒的葡萄要經過仔細挑選，因爲每串葡萄感染的程度不一，通常要分多次採收，非常耗時費力；採收下來的葡萄再經挑選之後，實際可以榨出來的汁液已經很少了，有時一株葡萄樹的果實榨出來的汁液還不到一百克。

匈牙利托卡伊阿蘇貴腐酒，據說是貴腐酒的起源，傳說在十七世紀初，土耳其人入侵匈牙利，由於作戰的緣故，匈牙利托卡伊地區的葡萄推遲到十一月才採摘，葡萄變得乾萎同時被貴腐黴菌侵損，每棵葡萄樹的葡萄只能釀一小杯酒，產量大減，

出人意料的是，卻釀出一種又香又甜的酒來，人人嘗了都讚不絕口，從此年年都按這種方法釀造，一直傳承至今。托卡伊阿蘇貴腐酒也就成了遠近聞名的上等美酒。法王路易十四在品嘗托卡依貴腐甜酒後，稱讚此酒是酒中之王，王者之酒從此得名。

這種酒幾百年以來，一直只供給歐洲皇室和社會名流飲用，近幾十年來才可以在市場上買到，但是量也極少。能夠搞到這種酒的人絕非泛泛之輩。不過傅華已經適應喬玉甄這種交往的朋友非富即貴的狀況，也就沒什麼好驚訝的了。

喬玉甄大方的說：「還有一瓶沒開呢，既然你喜歡，走的時候帶上吧。」

傅華搖搖頭說：「不了，能在你這品嘗到就很高興了。」

喬玉甄笑說：「我就知道你會這麼說！你這人是不是有被害妄想症啊，老覺得別人是

在算計你，你知道你這樣很沒勁嗎？」

傅華笑笑說：「喬小姐，你需要一說話就這麼讓人下不來台嗎？我不是有什麼毛病，而是不好意思接受你這麼貴重的禮物。」

喬玉甄捉弄地說：「我對別人不會這樣的，我就是喜歡看你受窘時的那個樣子。」

傅華苦笑說：「那我豈不是很倒楣？」

喬玉甄笑說：「沒辦法，誰叫你的長相跟照片上的那個傢伙很像呢？」

傅華愣住了，他把照片再拿起來看了看，並不覺得相像，便困惑的說：「像嗎？我怎麼一點看不出來？」

喬玉甄笑笑說：「我不是說模樣，而是說神情，你們都是那種外表平和，內心卻倔強的人，特別是在窘迫的時候，那種又窘又不服氣的樣子，跟他簡直一模一樣。」

喬玉甄給傅華斟酒，一邊笑著說：「若是你見到他的話，一定也會有這種感受，可能你現在看照片看不出來。」

傅華反問說：「看來你跟這個韋之闞係很特別了？」

喬玉甄點點頭，說：「我們曾是一對十分親密的戀人，如果我不是跟他分手的話，現在就是他的妻子了。」

傅華聽出喬玉甄語氣中有頗多的不捨，詫異地道：「我看你很不捨得這份感情，那爲什麼要跟他分手啊？這不是自相矛盾嗎？」

喬玉甄無奈地說：「他讓我在事業和他之間選擇一個，我沒選擇他。他是個窮學生，脾氣又臭，很大男人主義，不願意讓我拋頭露面，要我結婚後就退出工作，但我已經過夠苦日子了，想要我跟他去挨苦日子，我真的無法接受。」

傅華說：「你是不是後悔了？」

喬玉甄輕輕地搖搖頭說：「我也不知道，但是每當我在事業中遇到難關，做人的尊嚴被人打碎，快要撐不下去的時候，我就會想起被他抱著的那種溫馨，我就又有了撐下去的勇氣。來，傅先生，我們別光說話，別辜負了這麼好的酒。」

傅華就端起酒杯，跟喬玉甄碰了一下杯，然後喝了一口。

酒是冰過的，聞著有蜂蜜般的香氣，彷彿又融入了柑橘和香料的芬芳，入口的瞬間，蜂蜜的香甜十分明顯，又感覺有點酸酸的，再啜飲一口，十分香醇，一種幸福陶醉的感覺緩緩自喉嚨流下。

傅華說：「既然你很懷念當初在一起的時光，那爲什麼不去找他呢？」

喬玉甄幽幽的說道：「除了大男人主義和臭脾氣之外，他對我確實很好。前些日子我回了趟香港，看到了他和他的妻子兒子，他開著一輛破舊的小車，一家人穿著都很普通。想來我如果當初選擇跟他在一起，估計現在也是那個樣子，所以想想我也沒什麼好後悔的。」

傅華瞅了一眼喬玉甄，他感覺喬玉甄雖然嘴上說不後悔，心中卻不是這樣想，就笑了笑端起酒杯：「來，喝酒。」

喬玉甄瞪了傅華一眼，不滿地說：「你別那麼壞笑，我最看不慣的就是你這個樣子，你這時候就跟他一樣，好像什麼你都知道一樣。你知道我第一次看到你這麼笑的時候，我是一種什麼感覺嗎？就像回到了以前的時光，讓我有一種恐懼感。」

傅華不知道該怎麼回答喬玉甄，只好乾笑一下，沒說什麼。

喬玉甄有些情緒失控地說：「你還笑?!好，我承認他們一家三口是過得很快樂，但是我過得也不差啊，我享受的物質條件他們根本連想都不要想，他們能住這麼大的房子嗎？能開上我開的車子嗎？他們……」

傅華打斷了她的話說：「喬小姐，沒有人說你過得差了，恐怕很多女人都很羡慕你現在的生活。」

喬玉甄卻心情低落地說：「可是韋之他不羡慕。」

傅華開導說：「喬小姐，你這有點類似佛家所說的著相。我覺得每個人都有自己想要的東西，當初你選擇了事業，現在功成名就，你已達成所願；而他選擇了家庭，現在家庭和美，也達到了他的追求，你們各得其所，這是好事啊，你又何必這麼煩惱呢？」

喬玉甄嘆說：「我們認識以來，你就這句話說的還算順耳。」

傅華搖了搖頭，他可以體會喬玉甄現在功成名就之後，卻因爲感情的欠缺而有的那種空虛感。人生本就沒有十全十美的，喬玉甄也有她失敗的一面。但是傅華並不同情她，誰又沒有失敗的一面呢？他也有一大堆的頭痛事要解決啊。

傅華沒有興致再陪這個有點神經質的女人聊下去了，她之所以老跟他牽扯不清，不過是因爲他窘迫的樣子像她以前的戀人罷了。

傅華放下酒杯，說：「時間不早了，我要回去了。」

喬玉甄愣了一下，說：「你是不是心也太硬了，你難道沒看出來我正傷感著嗎，怎麼可以在這個時候離開呢？」

傅華說：「我是看出來了，不過，我也有一大堆的煩心事等著處理呢，你的傷感我恐怕幫不上忙。」

「那你更應該有同理心才對啊！」喬玉甄叫道。

說到這裏，喬玉甄自己忍不住笑了起來，說：「對不起啊，我好像總是忍不住把你當成那個人了。你別急著走，起碼跟我喝完這瓶酒再走嘛，你不是很喜歡這酒嗎？」

傅華理智地說：「我是很喜歡，但是這酒應該是在心情愉快的時候才能品出滋味，今天你的心境顯然不適合喝這個酒。」

喬玉甄說：「好啦，我現在已經沒事了，女人的情緒是一陣一陣的嘛，我是被你觸及到了傷感的往事，所以才會情緒低落的。這個責任在你，不能怪我的。」

傅華對女人這種「錯的永遠是別人」的邏輯倒也見怪不怪了，笑笑說：「那就只喝酒，不談你的什麼韋之了，你知道嗎，談一個被人認為跟你很像的人，那種感覺是很怪的。」

喬玉甄同意說：「那就不談他。誒傅先生，說起來，我認識的很多朋友跟你的工作都能搭上界，有時間我介紹你們認識一下吧。」

傅華擔心這個女人這麼做是一種移情作用，便不置可否地說：「等有機會再說吧。」

喬玉甄一語道破說：「你這話說的可有些含糊啊，你不用怕，我知道你對我心存警惕，但接觸久了你就會知道，我這個人從來不害別人的，更不會害朋友，所以你大可放心的跟我往來。」

傅華相信喬玉甄所說的，她能得到這麼多高層的信賴，自然有其獨到之處，也許正是她不會危及別人，因而能得到信賴的吧。

傅華笑笑說：「我不是對你不放心，而是不好意思麻煩你。」

喬玉甄說：「這有什麼不好意思的？我在商場打拼也算是有些年頭了，對這個社會算是看的很透澈，你知道我總結出一個什麼經驗嗎？」

傅華饒有趣味地問：「什麼經驗啊？你這麼成功的人士總結出來的經驗一定是精髓

了，說來聽聽。」

喬玉甄笑笑說：「我的經驗是，這世界上沒有人能夠靠一個人的力量去獲得成功，成功是配置好各方面因素的一個概念，你越是能將身邊的因素配置到效益最佳的狀態，你越是能夠獲得成功。」

傅華點點頭說：「你這個經驗總結的很有道理啊，看來你能獲得今天的成功，是將身邊的高層人士配置的很好囉？」

喬玉甄看著傅華，半天才說：「不知道爲什麼，我總覺得我知道你在想什麼。這是不是所謂的心有靈犀啊？」

傅華的眼神躲閃開來，被人看透的感覺並不好，尤其他想的是一些負面的東西。

喬玉甄笑了起來，說：「你閃避我的眼神，越發印證了我的猜測，你是覺得我能跟那些高層領導有那麼好的關係，是我和他們有過肉體上的關係吧？」

傅華有點尷尬，否認說：「我沒有這麼想。」

喬玉甄說：「是男子漢就承認吧，你的樣子已經將你的心給出賣了。好了，我都不忌諱的替你說了出來，你又有什麼好不承認的？」

傅華搖搖頭，說：「好，我承認，我不明白爲什麼他們會跟你關係這麼好，除了那方面，似乎找不出別的解釋。」

喬玉甄直白地說：「這就是你們男人想法齷齪的地方了，只要女人獲得成功，結交了一些你們認爲可望不可及的人物，你們第一個想法就是這個女人一定是跟那些人上床了，對吧？」

話都說到這地步了，傅華也不再回避，看著喬玉甄說：「是的，我是這麼想的，你不要告訴我你跟他們關係很純潔啊。」

喬玉甄苦笑了一下說：「這倒是，你說的沒錯，我早就不純潔了，爲了生存，我把能出賣的都出賣了，不過，我出賣的是自己，並不是朋友。」

傅華忽然覺得自己有點太過分了，他跟這個女人還沒有熟到可以隨便談論這些話題的地步。再說，別人要怎麼做，是她自己的選擇，他並不是上帝，沒有評論別人行爲的權利。

傅華歉意的說：「對不起啊，我的話說得有點過分了。」

喬玉甄笑了起來，說：「過分？沒有啊，你說的一點都不過分，我做的比你想的還更過分一些，所以你也不用跟我道歉，你沒說錯什麼。不過，你說的這些手法都是很低級的方法，你以爲玩到北京這個層次，這些手法還能行得通嗎？」

傅華呆了一下，也許喬玉甄可以跟某個高官建立起這種關係，但卻不可能跟每個高官都這樣，那是不太可能的。再高層次的官員也是男人，男人很難會與別的人共享某個女人的。

喬玉甄反問說：「怎麼不說話了？你剛才不是氣勢洶洶的嗎？怎麼沒話說了？這可是北京，不是海川，在你們海川行得通的東西，在北京不一定行得通的，傅先生。」

傅華認錯說：「我承認我把問題想簡單了，對不起。」

喬玉甄說：「是啊，你是把問題想簡單了，你應該知道，一個女人要想在這裏玩得轉，不是躺下來就可以的。」

傅華尷尬的說：「我知道我剛才冒犯你了，我再次跟你道歉可以嗎？」

喬玉甄反說：「你爲什麼總是愛道歉呢？我不是要質問你，而是告訴你，在這裏要玩得轉，要多動腦筋。一個人的能力總是有限的，要想吃得開，要善於借勢才行。」

喬玉甄接著說道：「我跟你說這些，是因爲我感覺你在這方面很不擅長。你不要覺得你好像做出了點成績，就覺得自己很好了，其實差得很遠呢。」

一直以來，傅華都認爲海川駐京辦是他的驕傲，現在喬玉甄直接否定了這一點，這讓他有些不服氣。

喬玉甄說：「我知道你不服氣，你聽我說完，你前妻的父親是通匯集團的董事長，你善於借勢的話，在北京商界一定會有很多人脈。而你現任妻子的祖父，在政界是很有影響力的革命元老，岳父也是投資界的能人。這些人脈你都運用起來的話，在政商兩界你都能

吃得開，就算不能像蘇南一樣擁有一個實力雄厚的集團，起碼可以像某些人一樣被稱作傅少的。」

傅華笑了起來，說：「在北京能夠被稱作『少』的人，絕不是一般的人物，我可沒這種資格，也不想那樣張揚。我知道這些關係是很有用的，但是不代表我就願意去用啊。」

喬玉甄說：「這就是我覺得你矯情的地方了。爲什麼不去用呢？你做的這個行業又不是不需要用到這些。我覺得要做什麼，就要做到最好，不能既想要做，又扭扭捏捏的放不開。有句不太高雅的話，能很恰當的形容你這種狀況。」

傅華笑說：「你是想說我既想當婊子又要立牌坊是吧？」

喬玉甄高興地說：「看來我們真是心有靈犀啊，你也能知道我的想法了。」

喬玉甄又說：「傅先生，我跟你說這些，是希望你能放開手腳去做，只要你放開手腳去做，我相信不久就會有人稱你爲傅少的。而我呢，我的人脈關係都可以介紹給你的。」

傅華看了喬玉甄一眼，說：「就爲了那個韋之？」

喬玉甄笑了起來，說：「原來你是介意這個啊。」

傅華說：「我不喜歡被當做別人的替身。」

喬玉甄說：「那我如果說是爲了你，你就肯接受我的幫助了嗎？」

傅華看著喬玉甄的眼睛，說：「那我要知道你這麼做的理由，你能說服得了我的話，我就同意。」

喬玉甄說：「你是擔心我會從你那索取什麼回報吧？這還是那種受害人心理。」

傅華說：「我只知道這世界上沒有無緣無故的愛。」

喬玉甄嘆說：「好吧，我把理由跟你解釋一下。說實話，我之所以願意幫你，既是因爲韋之，又是爲了你。你的樣子讓我想起很多跟他在一起的歲月，我對那段歲月既想要去忘記，卻又忍不住會常常想起。我這種矛盾的心理你能理解吧？」

傅華點點頭說：「這我能理解，那段歲月有著你太多的美好記憶在裏面。忘記吧，你捨不得；想起吧，斯人別有懷抱，你又會心痛，所以心情才會矛盾。」

喬玉甄點點頭說：「就是這樣，因爲韋之，讓我對你油然有一種親切感。另一方面，傅先生，你覺不覺得這世界上的朋友有兩種，一種是可以爲你帶來很多利益的，另外一種則是可以坐在一起，毫無心機談心事的，就像我們現在這個樣子。」

傅華反問說：「你是說你把我當做可以談心事的人？」

喬玉甄笑說：「是啊，要不然我們這是在做什麼？我把從未對人談及的事情跟你說了，難道你還覺得我沒拿你當可以信賴的朋友嗎？」

傅華說：「我看你處處針對我，還以爲你對我很反感呢。」

喬玉甄笑了起來，說：「這就是你不懂女人了，女人在乎你才會那個樣子，如果女人

不在乎你，根本就不會搭理你的。我希望我們以後能夠有機會像今天這樣，隨意地坐在一起，開瓶酒，拿點小吃，聊上半天。你知道，我已經很久沒跟人這麼痛快地聊天了，這下子好像把我心裏的煩悶全部都清空了，人也輕鬆許多。」

傅華開玩笑說：「你這是拿我當閨蜜了吧？其實這種事你最好還是找你的閨蜜來聊比較合適。」

喬玉甄不以爲然地說：「這你就錯了，很多話兩個女人在一起的時候反而說不出來，但是對這像你這樣的男人，我卻能很放鬆的說出來。我覺得你可能更能理解我的心情。」

傅華想了想，說：「好像也是，有時候我也覺得有些話跟同性的朋友說不出來。」

喬玉甄笑笑說：「那你是願意跟我做這樣的朋友了？」

傅華說：「那是我的榮幸。不過，以後我們聊天最好能換個場合，你這麼大的畫像在這裏，總給我一種壓迫感。」

喬玉甄取笑說：「你是怕老是對著我的畫像會有那種想法吧？其實如果你真有那種想法的話，我們倒不妨試一試?!」

喬玉甄這是直接的挑逗了，傅華的臉騰地一下紅了，身子也明顯的往後靠了一下。

喬玉甄看他這個樣子，笑了起來，說：「你真是太可愛了。」說著，還故意探身過來，促狹的逼到傅華面前說：「難道我不值得你擁有嗎？」

傅華越發手足無措，使勁的往後退縮著，嘴裏說道：「不行，我是有妻子的人。」

「你真是太有意思了，這我又不是不知道?!」喬玉甄迅速在傅華的腮邊輕輕地吻了一下，然後在他耳邊說：「你不用怕，我還不想跟你有那種關係，我更想拿你當做朋友，而非情人。」這才坐回了原位。

傅華告饒說：「以後不要跟我玩這種遊戲了，我怕我經受不了這個誘惑。」

喬玉甄故意說：「那豈不是更好？」

傅華神情嚴肅起來，說：「如果你是這樣想的話，那我們還是不要做朋友了。」

喬玉甄趕忙說：「好，好，你不用把臉板起來了，你知道我是跟你開玩笑的。」

傅華笑說：「這種玩笑最好是不要開，很容易會走火的。」

喬玉甄說：「好，不開就不開，誒，要不要我先幫你安排一下，讓文欣家副市長找個題目去你們駐京辦走走啊？那樣可以幫你這個駐京辦主任裝裝門面的。」

文欣家如果真來海川駐京辦走走，海川駐京辦以後要在北京辦什麼事情，相對就會容易的多了。但是傅華總覺得這有點交易的味道，好像是他拿願意跟喬玉甄做朋友換來的，便說：「這個不好吧？」

喬玉甄說：「這有什麼不好的啊？好啦，就這麼決定了。回頭我就跟文欣家說一聲，就說你是我新近才認識的一位東海老鄉，讓他去你那裏看一看，到時候你跟他照幾張握手的照片，放在你們的宣傳海報裏，估計以後別人對你們海川駐京辦就會客氣很多了。」

傅華不禁說道：「你真是太熟悉官場這一套了。」

喬玉甄笑說：「不僅僅是官場，商場上也是這麼操作的，我公司就有很多高層領導來視察的照片，都放在顯眼位置上，工商稅務什麼的就不敢再來找我的麻煩了。」

那一天在喬玉甄那裏，傅華跟她聊了很久。

其實傅華也需要跟人聊聊。他們在很多事情上有共同語言。很多工作上的事情，傅華一提個開頭，喬玉甄就知道他想說什麼，兩人聊得十分盡興，傅華也不得不暗自佩服喬玉甄這個女人真的是很精明能幹。

最後，傅華站起來要離開，喬玉甄還意猶未盡，想要跟他一起去吃飯續攤，傅華拒絕了，說：「還是留點餘興吧，要不然下次見面我們就沒什麼可聊的了。」

喬玉甄同意了，說：「行，那就留點餘興，下次接著聊。」

海川市政府，會議室，市政府常務會議。由孫守義主持。

孫守義聽取著副市長們對各自分管工作近期情況的彙報，孫守義認真的記錄著。

副市長們彙報完，孫守義開始講話，評點了副市長們哪些做得比較好，哪些還需要改進的，唯獨對李天良分管的工作隻字未提，既不肯定也不否定，就像李天良沒做過彙報一樣。

作爲代市長，總結不一定非要面面俱到，但是唯獨將某個人的部分不提，這就顯得某人十分突兀。

孫守義注意到李天良的臉色有點難看，按照他的猜想，這時候金達應該找李天良談過話了，因此李天良應該猜得到他是故意給他臉色看的。

孫守義是想告訴李天良，在市政府這一畝三分地，他才是那個說了算的人，李天良如果還想繼續待在市政府，最好老實一點。不然，他有的是辦法收拾他的。

孫守義並不擔心李天良會因此公開跟他對抗，那樣他就更有機會收拾李天良了。不過，他認爲李天良應該沒有這種膽量這麼做，也沒有這個本事。孫守義見過不少像李天良這樣的官員，深知他是那種沒本事卻有一肚子牢騷的人。

這種人如果感覺受到了委屈，就會四處發牢騷，說受到多不公平的待遇；你不去理會他，他的牢騷會越來越多，直鬧到滿城風雨。但是如果真的跟他較起真來，這種人又沒有膽量跟你來硬的，他不敢跟你對抗，只會老老實實的縮回去。對這種貨色，孫守義自然不會給他好臉色看。

宣布散會後，孫守義連看都不看李天良，拿起自己的東西就離開了會議室。

「守義市長，」曲志霞從後面跟了上來，說：「有件事我想跟您說一下。」

孫守義笑笑說：「好啊，來我辦公室吧。」

兩人進了孫守義的辦公室，孫守義問曲志霞說：「怎麼樣，來海川工作還適應吧？」

不可否認，政壇還是男人主導的天下，女人在這個舞臺上出頭的機會相對少很多，也更常受到排擠，在政治舞臺上能夠充分發揮的機會並不多。大凡在政治上有所作爲的女人，都要付出更大的代價。她們往往被視爲異於一般女人，會被冠上男人婆或者鐵娘子這一類的稱號。

在官場上，同樣是政治野心，男人和女人所遭遇的狀況完全不同。男人有政治野心會被大眾讚賞，認爲這個男人事業心很強；而女人的野心則普遍不受到歡迎，總認爲是牝雞司晨、婦人干政，被冠上諸多負面的評價。

對曲志霞，孫守義採取的策略跟李天良完全不同，對李天良他準備的策略是打，要不遺餘力打擊，直到李天良明白沒有能力跟他對抗爲止；而對曲志霞，他想採用的則是拉。他已經看出這個女人很有政治野心，他準備給這個女人充分的表現機會，她就會自然而然的靠向他這一邊，而非金達那邊。

曲志霞笑笑說：「挺好的，這邊的空氣比齊州好很多，我覺得挺舒服的。」

孫守義說：「那就好，齊州是內陸氣候，這邊是海洋氣候，我還擔心你會不適應呢。」

曲志霞說：「我沒有感覺不適應，反而覺得這些日子，我的皮膚好像滋潤了很多。」

孫守義笑說：「你們女人跟我們男人就是不一樣，什麼皮膚啊，身材啊，我們男人就不會留意這個。」

曲志霞瞅了孫守義一眼，微嗔道：「市長，我覺得您這可是有點歧視女人的意思啊。」這就是女性下屬跟男性下屬不同的地方了，女人可以在男性上司面前小小的撒嬌一下，男性上級不但不會生氣，反而會感覺很親切，兩人的關係會更拉近一些。

孫守義故作埋怨說：「曲副市長，你不能這麼上綱上線吧？我說的也是事實啊，女人就是與男人不同嘛，你們注意的跟我們男人就是不一樣啊。」

曲志霞笑笑說：「這倒也是，女人就不能像你們這些大老爺們滿臉鬍渣的了。」

孫守義伸手抹了一下自己的下巴，這才注意到早上出來太急，鬍子忘記刮了，他現在一個人生活，也沒有人提醒他，靦腆地說：「忙起來就忘了，唉，人到中年，別的都不長，就鬍子瘋長，昨天才刮的，今天就又長成這樣了。」

曲志霞笑笑說：「市長這麼年輕，還不能說是中年吧？」

「雖然我知道你是故意這麼說的，但是我還是很高興被人說年輕。」孫守義覺得兩人間的關係差不多夠融洽了，再繼續說下去的話，就有點過頭了，於是正色說：「誒，你說有事要跟我談，什麼事啊？」

曲志霞說：「是這樣的，我想去北京走一趟，一是去財政部走走，我在省財政廳的時候，跟財政部幾位領導關係還不錯，現在我來海川市任職，想去找找這幾位領導，起碼支持一下我的工作吧？」

孫守義聽了說：「這是好事啊，現在海川的財政一直是吃緊的狀態，你如果能從財政部多搞點資金回來，那可是救了我們的急啊。」

曲志霞趕忙說：「市長，您可不要對我抱太大的希望啊，我的能力有限，恐怕要不來多少錢的。」

孫守義知道曲志霞這是在說客氣話，她初到海川，正是需要壯聲勢的時候，如果不是有一定的把握，她是不會主動提出要去北京的。

孫守義相信曲志霞一定會拿回一筆數目不錯的錢，便說：「我相信你的能力。」

曲志霞謙虛地說：「市長，你這麼說，我的壓力馬上就重了很多，真怕財政部的領導們小氣，讓我沒臉回來啊。」

孫守義笑笑說：「壓力肯定是要給你的，沒壓力就沒成績啦。不過你可別不回來，你不回來，那一大攤子事誰來管啊。準備點禮物帶去吧，去求人總不能空手去吧，需要什麼，你就直接跟秘書長說吧，讓他幫你準備好。」

曲志霞說：「好的。再是第二件事，我這次想去看看駐京辦的情況，雖然傅華主任已經做得不錯了，但是我還想看看有沒有改進的空間，這是我們海川在北京的門戶，我希望它能發揮更大的作用。」

駐京辦是曲志霞分管的，他不想插手干預，便點點頭說：「既然是你負責的，要怎麼做是你的事，這我就不管了。你只要記住一點，我這個代市長一定支持你的工作，你就放手去做好了。」

北京，駐京辦。

傅華正陪同北京市副市長文欣家參觀駐京辦。

文欣家五十多歲，個子不高，前額有點禿，身形瘦削，一副很精神的樣子。

北京市電視臺的記者扛著攝影機跟在一旁錄影，駐京辦的工作人員也隨手拍攝傅華陪同文欣家的照片。

文欣家饒有興致的看了駐京辦裏面關於海川市的風景、特產的介紹圖片，點著頭說：「海川這個地方不錯啊，避暑勝地，有一年夏天我在那裏開過會。」

傅華聽了立即說：「歡迎文副市長有機會再去海川走走。」

文欣家笑笑說：「那恐怕要等我退休後了，現在的工作太忙，根本就走不開呀。」

參觀完，傅華將文欣家帶到一個早就鋪好宣紙的桌子面前，笑笑說：「早就聽說文副市長寫得一手好字，我斗膽請您給我們駐京辦留下一幅墨寶。」

這個步驟是喬玉甄事先叮囑傅華一定要安排的，她說文欣家癡迷書法，喜歡題字，安排這個步驟，正好投其所好。

果然，文欣家一見，兩手就合在一起搓了一下，一副技癢難耐的樣子，想了想說：「要提什麼好呢？」

傅華在一旁微笑著看著他，也不言語。

過了一會兒，文欣家眼睛一亮，說：「有了。」說著拿起筆來，就在宣紙上刷刷的題起字來，很快，一幅字就寫完了，他題的是：「發揮駐京辦窗口作用，促進社會經濟之發展。」然後是他的落款。

文欣家的書法真是很不錯，寫起來行雲流水，速度極快，字有模有樣的，頗有幾分米芾的刷字風格。

題完字，文欣家笑笑說：「駐京辦是地方政府跟中央溝通的管道，也是地方政府展示自己的一個窗口。這些年，駐京辦的存在有弊有利，作爲北京市來講，我們很感謝你們給北京經濟帶來促進的力量；但是也有一些駐京辦官員拉關係走後門，造成惡劣的影響，這個你們要引以爲戒。所以我希望你們要多發揮窗口作用，帶動北京和你們所在地政府的經濟發展。」

文欣家這番話中規中矩，駐京辦是否要撤銷是個敏感的話題，各個輿論對駐京辦都是負面的評價更多一些，文欣家在這種時候能來駐京辦，算是夠給面子了，也從側面證明了喬玉甄這個女人能力的強大。

文欣家說完，駐京辦的工作人員和文欣家的隨行人員立即熱烈的鼓起掌來。

傅華也感謝地說：「文副市長說的真是太好了，我們一定按照您的指示發揮好窗口作用，爲北京市和海川市經濟發展貢獻一份力量。」

到此，文欣家的這次參觀就算是結束了，傅華送他出去，文欣家要上車的時候，回頭對傅華說：「傅主任，你回頭告訴小喬，你這裏我按照她的意思來過了，也讓她有時間去我家裏坐坐，我太太昨天還念叨她呢，說她有些日子沒來了。」

傅華沒想到喬玉甄居然跟文欣家熟悉到這種程度，連文欣家的妻子都會念叨她，有點通家之好的意思了。傅華便笑笑說：「好的，我會把您的話帶到的。」

文欣家離開後，傅華就打電話給喬玉甄，說：「文欣家來過了，除了參觀海川駐京辦，還題了字，謝謝你了。」

喬玉甄笑笑說：「客氣什麼，能幫到你我就很高興了。」

傅華又說：「還有，文欣家說讓你有時間過去他家坐坐，他夫人念叨你呢，讓我帶個話給你。」

喬玉甄笑說：「行，我知道了，回頭我會找個時間去的。」

傅華開玩笑說：「沒想到文欣家居然稱呼你爲小喬，真有意思。遙想公瑾當年，小喬初嫁了。」

喬玉甄說：「你要是喜歡的話，也可以這麼稱呼我啊，不要老是什麼喬小姐的，多生疏啊。」

傅華點點頭說：「好，以後我就叫你小喬，你也不要叫我傅先生了，直接喊我名字傅華好了。」

喬玉甄高興地說：「行，傅華。」

第二章

危險信號

鄧子峰說道：

「這封信出現在人大會召開的前夕，你千萬不要不當回事，這可是一個危險的信號。

我建議你回去趕緊跟金達書記研擬對策，

首先要儘量採取措施防止類似信件在社會上流傳，我的意思你明白嗎？」

文欣家視察海川駐京辦的新聞，在隔天晚上的新聞上就播出了，新聞下的標題是「文副市長視察瞭解駐京機構的現狀」，內容並沒有肯定或者否定駐京辦的意思，只是照實陳述了當天的視察情形。

其中還出現了傅華和文欣家親切交談的特寫鏡頭，拍攝的效果相當好，這是傅華私下給攝影記者一個大紅包的結果。傅華看了很滿意，還特別錄下來，作爲自己政績的記錄。

新聞播出後，傅華接到好幾個認識的駐京辦同行的電話，都向他表示祝賀，說他很有本事能調動文欣家，也算給駐京辦露了臉了。

由於這段時間媒體都在談論駐京辦的存廢問題，而且一股勁的認爲駐京辦應予廢除，搞得大家都有些抬不起頭來，擔心駐京辦會因此撤銷。因此這個新聞給了這些人心惶惶的駐京辦主任們起到了鎮靜的作用，彷彿看到一線曙光。

然而，並不是所有駐京辦主任看到這條新聞都是高興的。

轉天傅華去國家發改委辦事，在發改委大樓裏，正好碰到也來辦事的東海省省駐京辦主任徐棟梁。

徐棟梁看到傅華，遠遠的就打招呼說：「這不是傅主任嗎？最近夠牛氣啊，連北京市的副市長都能調動了。」

傅華瞅了徐棟梁一眼，自從上次鄧子峰特別在省駐京辦約見他之後，徐棟梁就一直視

他爲競爭對手，好像傅華想奪走他的省駐京辦主任職務一樣。文欣家來海川駐京辦視察，是對傅華工作的肯定，徐棟梁看到，自然更加不舒服了。

傅華心裏暗自好笑，他從來沒想過要去省駐京辦跟徐棟梁爭奪主任一職，就想逗一逗徐棟梁。

他笑笑說：「我剛有了點小小的成績就被徐主任給注意到了，您該不會是想挖角我去省駐京辦工作吧？」

徐棟梁最擔心的就是鄧子峰啓用傅華，偏偏傅華就故意往他最擔心的地方說。徐棟梁沒想到傅華會這麼說，臉上本來譏諷的笑容就有點僵硬了。

徐棟梁乾笑了一下，說：「省駐京辦的廟小，傅主任應該看不上吧？」

傅華故意說：「哪裏，徐主任，你這話說的就言不由衷了吧？省駐京辦的廟再小，也比我們海川駐京辦大得多，我還真希望能在徐主任手下工作，好跟徐主任多學習學習呢。要不，你跟鄧省長說說，把我調進省駐京辦？」

徐棟梁的臉色更難看了，他防傅華還防不過來呢，又怎麼肯跟鄧子峰說將傅華調進省駐京辦呢，那豈不是引火焚身嗎？

徐棟梁臉上連一絲笑容都擠不出來了，沒好氣地說：「傅主任，你這不是開玩笑嗎？你以爲鄧省長是我任命的，我說讓他幹什麼他就幹什麼啊。」

看來徐棟梁還真是擔心他調去省駐京辦工作，本來傅華想就此罷手，不再逗他了，但是他發現徐棟梁看他的眼神中帶有一股強烈的恨意，看來不給他個教訓，徐棟梁始終不知道他是不好惹的。

傅華看著徐棟梁，搖了搖頭說：「徐主任，我怎麼覺得你這話帶有很大的情緒啊？鄧省長是中央推薦，省人大選舉任命的，當然不會是你任命的了，我不明白你說這話是什麼意思？你是不是對鄧省長有什麼看法啊？」

這下子徐棟梁臉色豈止是發青，簡直是慘白了，他緊張到甚至結巴起來，指著傅華說：「你你……你可不要瞎說啊，我對鄧省長怎麼會有看法呢？你根本就是在故意曲解我的意思，你你怎麼可以這樣呢？」

在官本位的社會，上下級間等級森嚴，往往上級一句話就能決定下級的仕途命運，徐棟梁深怕鄧子峰對他有一點點的不滿，以免鄧子峰隨時找機會將他從省駐京辦主任的位置上踢下來。

傅華相信經過這番談話，今後徐棟梁再見他一定會躲得遠遠的，就適可而止的說：「徐主任，你不用緊張成這樣，我剛才不過是跟你開個玩笑而已。」

徐棟梁氣惱地說：「我還有事，先走了。」說完也沒等傅華有什麼反應，就匆匆的離開了。

傅華本以爲徐棟梁跟他的事到此就該告一段落了，但是他發現事情遠不是他想的那麼簡單。

過了幾天，他接到蘇南打來的電話。

蘇南開口就問道：「傅華，我昨天跟鄧叔聊天，鄧叔說他聽到了一個很奇怪的傳言，說你正活動關係想進入省駐京辦工作，這是怎麼回事啊？鄧叔記得跟你提過這事，明明被你拒絕了。怎麼又會有這種說法傳出來呢？」

傅華馬上就明白這是徐棟梁在搞鬼，他散佈這種謠言，是一種逆向操作法，想讓鄧子峰聽到謠言好對他產生反感，從而堵死他找鄧子峰的路子。

可惜徐棟梁並不知道他早就拒絕過鄧子峰讓他進省駐京辦的提議，因此他散播這些謠言鄧子峰根本不會上當，反而可能搬起石頭砸了自己的腳。

傅華失笑說：「還能是怎麼回事啊，被小人黏上了唄。」就將那天跟徐棟梁碰面所說的話告訴了蘇南。

蘇南聽完笑了起來，說：「這個傢伙，真是以小人之心度君子之腹了。傅華，你給鄧叔一個電話吧，把這事跟他解釋一下。」

傅華不以爲意地說：「算了吧，我不想跟那種小人計較。」

蘇南勸說：「不是讓你去告徐棟梁的狀，而是鄧叔正為這件事情納悶呢，你跟他解釋一下比較好，別讓他對你有什麼不好的看法。」

蘇南會這麼說，傅華知道鄧子峰恐怕對他真有什麼想法了，雖然鄧子峰一直對他十分欣賞，但是並不代表傅華可以放縱隨便，於是傅華說：「行，南哥，我馬上就跟鄧叔解釋一下。」

傅華撥了鄧子峰的電話，鄧子峰見傅華打來，便打趣說：「誒，傅華，你打電話給我，是不是想讓我幫你安排進省駐京辦啊？」

傅華知道鄧子峰這是在跟他開玩笑，笑說：「鄧叔，我就是想跟你解釋這件事呢，南哥剛剛跟我說……」

鄧子峰聽完，背誦起一段古文來：「南方有鳥，其名鵷鶵，子知之乎？夫鵷鶵，發於南海而飛於北海，非梧桐不止，非練實不食，非醴泉不飲。於是鴟得腐鼠，鵷鶵過之，仰而視之曰：『嚇！』今子欲以子之梁國而嚇我邪？」

這是《莊子》上的一段話。惠子在梁國做宰相，莊子前往看望他。有人就對惠子說，莊子來梁國，是想取代你做宰相。於是惠子恐慌起來，在都城內搜尋莊子，找了整整三天三夜。

於是莊子對惠子說：「南方有一種鳥，牠的名字叫鵷鶵，鵷鶵從南海出發飛到北海，

不是梧桐樹不會停息，不是竹子的果實不會進食，不是甘美的泉水不會飲用。正在這時，一隻鴟鷹尋覓到一隻腐爛了的老鼠，鵷鶵剛巧從空中飛過，鴟鷹抬頭看著鵷鶵，發出一聲怒吼，如今你也想用你的梁國來恐嚇我嗎？」

鄧子峰引用這段話，是說傅華根本不屑於省駐京辦這隻腐鼠，徐棟梁真是枉做小人了。

傅華笑笑說：「鄧叔您真是好學問，《莊子》上的文字都能背得下來。」

鄧子峰笑笑說：「你就別來捧我了，其實傅華，我心中真的很希望這謠言是真的，那樣我就可以把你安排進省駐京辦，讓你來省裏幫我了，我現在很缺得力的人用啊。我現在明白為什麼呂紀書記非要將你的老上司帶到省委去了，千軍易得，一將難求啊。」

鄧子峰這點說的一點不假，在東海省的幹部隊伍中，曲煒的能力和魄力都是上上之選，加上在省政府副秘書長任上消磨了幾年，身上的稜角磨掉了不少，人變得更沉穩，正適合做秘書長這種服務性的幕僚角色。

現在省政府新任的秘書長龐秋剛是從下面調上來的，根本與曲煒不是一個水準，自然無法像曲煒一樣讓鄧子峰滿意了。而對鄧子峰這個新任省長不久的人來說，沒有一個好的秘書長，就等於是缺了一條臂膀一樣。

傅華只好說：「鄧叔，可能龐秘書長還需要一段時間適應，適應了就好了。」

鄧子峰苦笑說：「這人行不行，一看就知道，他就是適應了，也離曲秘書長有段距離啊。好了傅華，徐棟梁的事情我心中有數了，我不能跟你多聊，我約了你們海川的代市長孫守義，這會兒他也該到了。」

傅華說：「那行，鄧叔，再見。」

鄧子峰掛了電話，這時秘書進來告訴鄧子峰，孫守義已經到了，鄧子峰點了下頭，說：「你讓他進來吧。」

秘書將孫守義領了進來，兩人握了握手，然後去沙發那裏坐了下來。

鄧子峰看了看孫守義，說：「守義同志，市長選舉這一塊你準備的怎麼樣了？」

鄧子峰將孫守義約來，就是想瞭解一下即將進行的市長選舉，孫守義有沒有什麼問題。孫守義是他推舉出來做這個市長候選人的，如果孫守義在這次的選舉中敗北，那他這個省長臉上也是無光的。

孫守義回說：「應該沒問題吧，前段時間出了點小狀況，不過被金達書記和我給處理掉了。」

鄧子峰正色說：「不要說應該，而是要有絕對的把握，這可不是在玩扮家家，有一點閃失，搭進去的可就是你的前途。」

孫守義點點頭說：「我知道，省長，我會小心應對的。」

鄧子峰從辦公桌裏拿了一封信出來，遞給孫守義說：「你不要大意，你看看這個吧，不知道什麼人把這封信寄給我，我想省裏其他領導也會收到的。」

孫守義神情嚴肅起來，接過信一看，不禁心裏咯登一下，信裏除了陳鵬的事外，還提到了劉麗華。說劉麗華在市政府工作的那段時間，跟他關係十分曖昧，有人甚至看到劉麗華出入過他的住處。

信的下面沒有落款，但是根據信上所說的，這個人肯定對市政府狀況很瞭解。不然也不會準確地將劉麗華跟他的關係給點出來，因爲外面的議論都是聚焦在劉麗華和金達身上。

孫守義看完將信還給鄧子峰，否認說：「省長，這些都是有心人編造出來的。」

鄧子峰語重心長地說：「我讓你看它，並不是讓你確認是不是有這些事，現在社會風氣敗壞，每逢選舉，這種黑函就是滿天飛，內容也差不多，不是貪污受賄就是女人。我給你看這封信，是希望你警惕些，不要覺得上面推薦你了，就萬無一失，要知道還有許多人在等著看你的笑話呢。你想想，如果這封信在代表們中廣爲流傳的話，會造成什麼樣的後果啊。」

鄧子峰接著說道：「這封信出現在人大會召開的前夕，你千萬不要不當回事，這可是一個危險的信號。我建議你回去趕緊跟金達書記研擬對策，首先要儘量採取措施防止類似信件在社會上流傳，其次要強固代表們的想法，不要讓他們上了這些人的當，我的意思你明白嗎？」

孫守義面色凝重地說：「我明白，省長。」

鄧子峰又再三叮嚀道：「守義同志，這次選舉可是組織對你能力的一次考驗，希望你能順利過關啊。這封信你帶走，給金達同志也看看吧。」

孫守義點頭說：「省長放心，我一定會跟金達書記一起搞好這次的選舉工作，不會辜負您的期望的。」

鄧子峰說：「好，那我就等著聽你的好消息了。」

從鄧子峰那裏出來，孫守義可真是有點撓頭了，雖然他在鄧子峰面前顯得信心滿滿，其實他面對這些層出不窮跟他搗亂的事，心中是越來越沒底了，看來他這次選舉一定不會平靜。

這要怎麼辦呢？孫濤那件事他知道背後搞鬼的是于捷，但鄧子峰這封信他不知道是從哪裡冒出來的，更無從想辦法去解決了。

這些麻煩事接二連三地出現，一邊的麻煩剛解決完，另一邊新的麻煩又產生了，讓他有些疲於應付。不能再這樣子被動挨打了，必須趕緊想出應對之策來才行。

金達的個性死板，找他是想不出應對之策的；也許可以找找束濤，這傢伙是個老滑頭，見多識廣，鬼主意多，肯定有辦法對付這種事情的。

於是孫守義在從齊州回海川的路上就打電話給束濤，讓束濤從海川往齊州趕，在路上會合。

兩個多小時後，孫守義和束濤碰了面。孫守義讓束濤上了他的車，然後把信拿給束濤看。

束濤看完後，說：「這些人用心真是狠毒啊，用這些真真假假的東西來蠱惑人心，這是想影響您的選舉結果的。」

孫守義說：「現在重點不在這裏，而是我要如何應對，如果老是有這些東西冒出來，我這次選舉就等著出問題吧。束董，你是海川地面上的老人了，有沒有注意到是誰在背後興風作浪啊？」

束濤苦著臉說：「這些傢伙都很狡猾的，很難看出是誰在搞鬼。」

孫守義煩惱地說：「那怎麼辦啊？難道就等著出問題嗎？束董，你幫我出個主意吧。」

束濤想了想說：「解決辦法是有的。現在想查出是誰在搞鬼很難，時間上也來不及，我們還是從另一頭著手吧。」

孫守義不解地說：「另一頭，哪一頭啊？」

束濤說：「我們就從負責選舉的領導們身上著手。我們目前可以肯定的是，不是所有代表都要跟你搗亂的，起碼大部分代表會依照組織的指示，所以我們只要不讓一些有心人在會上挑起事端，這次的選舉我想就會順利過關的。」

孫守義嘆說：「話說起來容易，但是要如何保證不讓他們挑起事端呢？」

束濤笑笑說：「這就要市領導們分區負責了。市長也知道，市級領導們在海川地面上都有他們自己的勢力範圍，如果讓他們負責掌握各自勢力範圍內的代表，我想就沒有問題了。」

束濤說的這一點，孫守義是認同的，像李天良，泰河市就是他的勢力範圍；問題是這些人會不會真心幫他鞏固票源呢？孫守義卻沒有把握。別人不說，李天良和于捷就巴不得看他的笑話，肯定不會真心幫忙的。

孫守義便說：「束董啊，你說的這些傢伙一個個都心懷鬼胎，很難保證他們會真心幫我的。」

束濤話帶玄機地說：「他們肯定不會真心幫您的，您也無須要得到他們的真心，只要讓他們感覺不得不幫您就可以了。」

孫守義納悶地說：「怎麼能讓他們不得不幫我呢？」

束濤笑笑說：「那就需要各個擊破了。現在對我們最有利的一點是，這些人雖然對你不滿，卻並不團結，所以您只要分別讓他們知道，省裏已經知道這次的選舉有人想搗鬼，在密切注意了，如果誰在這次的選舉當中搞鬼被抓到的話，省裏一定會嚴厲懲罰他們。我想沒有人會願意當出頭椽子的，都會縮回去，問題不就解決了嗎？」

孫守義大概明白束濤的意思了，採用分區負責的方式，讓市領導們明白，哪一區出問題，就讓那一區的領導負起責任來。

孫守義點點頭說：「這個辦法也許行得通。」

束濤又獻計說：「還有啊，最好是把您懷疑最可能出問題的領導，跟最可能出問題的代表團分到一起去，您明白我的意思嗎？」

表面上看，把最有可能搗鬼的人跟最可能出問題的代表團分在一起，似乎是雪上加霜，但實際上卻往往會負負得正。搗鬼的人爲了表明清白，一定不會讓他分管的部分出問題的。

這招還有其陰險之處，就是如果到時候選舉真的出了問題，孫守義這個被選舉人倒楣之外，那個被認爲最可能搗鬼的人也會連帶著跟著倒楣，即使沒有公開的處分，起碼也會被上級另眼相看。

孫守義笑了起來，說：「我明白你的意思了，謝啦束董，如果我過關的話，回頭請你吃飯。」

束濤有信心地說：「市長放心好了，您這次肯定順利過關，而且還會高票當選的。」

孫守義笑說：「你憑什麼這麼肯定啊？不會是爲了給我打氣才這麼說的吧？」

東濤說：「這話可不是我說的，這是我找無煙觀的無言道長專門算出來的。他推算您這次市長選舉是一個有驚無險之局，雖然事前風波不斷，但是事到臨頭卻會一帆風順，您一定會得到大多數代表們的支持的。」

孫守義並不相信這些卜卦算命的東西，但是這個無言道長算出來的結果對他總是吉利的，便順口問道：「這個什麼無言道長是什麼人啊？」

東濤詫異地說：「市長不知道他嗎？他可是一位世外高人，他幫我推算過很多事都很靈驗，他說您會通過，就一定會通過的，所以您不用太擔心，就等著做市長吧。」

孫守義笑了笑說：「行啊，那就借他吉言了。」

當孫守義把那封黑函拿給金達的時候，金達的神色也變得凝重起來，眉頭打著結說：「這些人怎麼沒完沒了？居然還把事情鬧到省裏去了。」

金達感到很惱火，他想儘量把問題壓在海川市內解決，不要鬧到省裏去，但是事與願違，那些人反而把問題鬧得越大，讓他的心願無法實現。

孫守義對金達的反應很滿意，他希望金達著急，這樣才會跟他一條心的解決問題。

他嘆了口氣說：「這是有人唯恐天下不亂啊，書記，我看我們必須採取一些措施，否則老是這麼被動挨打不是辦法。」

金達看了看孫守義說：「老孫你的意思是？」

孫守義說：「我覺得我們必須要在人大會召開前，把這件事情安排妥當，否則拖到人大會議上，事情可能就會脫離我們的掌控了。」

「你想要怎麼安排？」金達問。

孫守義說：「我打算採用責任制，第一步先將各縣市代表團的負責人找來市委談一談，要他們承擔起責任來，確保選舉順利進行。否則誰出了問題，組織必然會追究其相應的責任。」

金達聽了，覺得這個辦法不錯，說：「這個工作我來做，我回頭就跟他們好好談談。」

孫守義接著說：「第二步，把海川市劃分成幾個區域，讓市級領導們分區列管，一些可能產生問題的區域則交給特定的人負責。比方說泰河市就交給李天良副市長去負責，雲山縣則交給于捷副書記負責，諸如此類；一旦出問題，市委會將情況彙報給省委，提請省委對相關負責的同志加以處分。」

聽孫守義提到李天良，金達知道孫守義對李天良有些心結，便說：「老孫啊，天良同志這邊你放心好了，他應該知道問題的輕重，這個同志我瞭解，上次我也當面批評過他了，他跟我保證再也不會胡亂講話了。」

孫守義笑笑說：「我知道天良同志是個老實人，應該不會在這種關鍵時候犯渾，但是難保他的子弟兵不會因爲他這次的工作安排有所不滿，他們在背後搞鬼的話，會將天良同志陷入一個很尷尬的境地的。爲了天良同志好，我覺得您還是跟天良同志談談這個問題比較好。」

金達想了想，孫守義說的也不無道理，便說：「行，老孫，我就按照你說的，跟天良同志好好談談。」

孫守義又說：「那于捷副書記那邊怎麼辦呢？您跟他談還是我跟他談？」

雖然擺平了雲山縣縣委書記孫濤，但是孫守義始終覺得于捷是個大問題，必須有人專門跟于捷好好談一下。

按道理上說，「金達出面是最好的，但是如果金達不願意做這個壞人，他就不得不親上火線直接去面對于捷了。

金達沉吟了一會兒，說：「老于那兒還是我來談吧，我是市委書記，跟他談比較合適一些。」

孫守義說：「書記，我覺得可以拿這封信作爲切入點。」

金達對孫守義這麼對他指手劃腳的下指導棋，心裏並不是很高興，但是目前兩人的利益一致，他也就把心中的不滿暫時壓了下去，點點頭說：「行啊，就按照你說的來做吧。」

此刻孫守義想要做的事情基本都落實了，心神稍爲安定下來，這時他想起束濤跟他說的「無煙觀」無言道長推測的事，就對金達說：「書記，你信那些卜卦算命大師們的預測嗎？」

金達愣了一下，說：「你怎麼突然說起這個來了？老孫，你不會是找過什麼大仙幫你算了一卦吧？我知道你現在心中沒底，但越是這樣的時候，你越是要讓自己穩住。那種求神問佛的事，可不是你我這種身分的人應該做的。再說，如果傳出去你找人算命，說不定也會影響到這次選舉的。」

孫守義本來是想把無言道長的預測當做一件趣事跟金達說的，也想借無言道長的預測幫自己和金達壯壯聲色，但讓金達這麼一說，他就無法再提無言道長的事了。也是，這是他有欠考慮的地方，如果無言道長幫他推算的事傳出去的話，會有人說他這個領導不相信代表們，卻去相信鬼神。

幸好孫守義還有點急智，馬上就說：「我是想，只要我們共同努力，就等於是拿到了上上籤，一定不會讓那些別有用心的人看笑話的。」

金達說：「是啊，只要我們共同努力，沒什麼可以難住我們的。你先回去吧，我看于捷在他的辦公室，我過去跟他聊一聊。」

孫守義說：「行，那我先回去了。」就離開了。

金達拿了那封信去到于捷的辦公室，坐到于捷的對面，說：「哎呀，老于啊，我現在真是頭大了。」

于捷愣了一下，看看金達說：「發生了什麼事了，金書記？」

金達將信遞給于捷，說：「你看看這個，這是省裏轉下來的，是有人寄給省領導的。」

于捷將信接過去看了看，神色就有些不自然了，說：「這不是污蔑孫市長嗎？」

金達點點頭，說：「確實是污蔑守義同志的，老于啊，你對在這個時間點上，有人寄這種信給省領導怎麼看啊？」

于捷偷眼看了看金達，金達的表情很平淡，看不出什麼來。他曾經想借孫濤之手跟孫守義爭這個市長來著，因此很擔心金達會懷疑這封信是他搞出來的。

于捷遲疑了一下說：「這還用說嗎，一定是有些人想搗亂這次的市長選舉。」

金達說：「省領導的觀點跟你的看法一致，也認爲這是有心人想搗亂這次的市長選舉。省領導對此十分重視，要求我們採取必要的措施，確保選舉順利進行。並且要求我們所有的同志都要負起責任來，否則誰出了問題就處分誰。我通盤考慮了一下我們應該採取的措施，就想過來跟你先通通氣。」

金達就把孫守義講的辦法說了出來。于捷已經明白這次的市長選舉他沒有操作的空間，而金達專門來跟他講這些，表面上是來通氣，實際上卻是來警告他的，他曉得這時候他必須要跟金達保持一致，否則要是出了問題，他也會跟著孫守義倒楣的。

因此在金達講完後，于捷趕緊附和說：「書記，您考慮的太周詳了，我保證，我一定會做好我分管區內的代表團的工作，確保選舉順利進行。」

金達要的就是于捷的這句話，便笑笑說：「老于，謝謝你這麼支持我的工作。有你的支持，我感覺肩上的擔子輕了很多啊。」

第三章

女人心計

傅華笑笑說：「感覺上她是一個挺好相處的領導，沒什麼架子。」

喬玉甄聽了，說：「這個曲志霞一來就想辦法籠絡人心。你別被她的表象給迷惑住了，我財政部的朋友說，這女人挺有心計的，是個很有手腕的女人。」

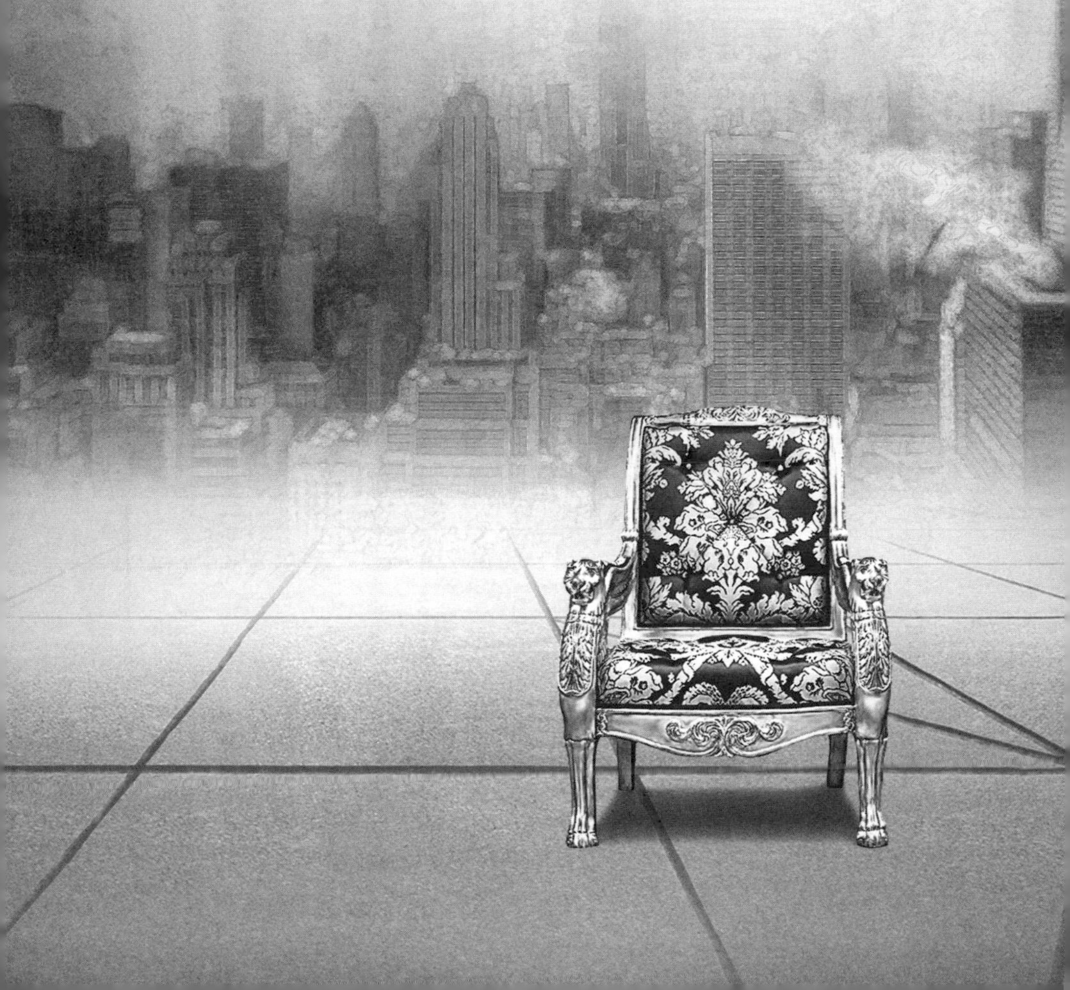

北京，海川大廈。

傅華將曲志霞從首都機場接來，給她在海川大廈開了房間。

將行李送進房間後，曲志霞對傅華說：「傅主任，回頭找個時間，你陪我去見見令夫人吧。」

傅華笑笑說：「您還記著這事呢。」

曲志霞笑了笑說：「我跟你說過的事怎麼能忘呢？不過如果你們已經和好了，我就不用費這個心思了。」

傅華苦笑著搖頭說：「她那個人很固執。」

曲志霞寬慰說：「這你不能怪她，沒有女人能大方到輕易原諒丈夫在那方面犯錯的。」

傅華說：「我知道，錯在我，我沒有怪她。」

曲志霞又說：「回頭我跟她談談看吧，也許她會給我一點情面的。」

傅華說：「我當然希望您能幫我勸她回心轉意，不過她那個人個性強，如果有什麼冒犯您的地方，我先跟您道聲歉，希望您不要跟她生氣。」

曲志霞笑了起來，說：「這你不必擔心，事情是我提出的，會有什麼狀況我早就想到了。」

傅華趕忙說：「那謝謝您了，不管成與不成，我都很感謝您的這份心意。」

曲志霞笑笑說：「別這麼客氣，我們也算是同事，這點事我應該幫忙的。」

傅華又說：「再是，孫市長的夫人打電話來，問您什麼時候能有時間，她想請您吃頓飯。」

曲志霞聽了說：「守義市長真是太客氣了，原本我說要請他夫人的。傅主任，你先別急著跟她約時間，我需要去買份禮物給她才好見面。」

傅華說：「那行，等您確定時間，我再跟她約。您需要我幫您去買禮物嗎？」

曲志霞笑說：「不用，你一個大男人的，買給女人的禮物你不在行。這你不用操心了，我在北京有朋友，我會找他們陪我去的。」

從曲志霞的房間出來，傅華回到辦公室，撥了個電話給鄭莉。曲志霞既然提出要見鄭莉，他必須先跟鄭莉說一聲。

鄭莉接了電話，說：「什麼事啊？」

傅華說：「是這樣子，我們市新換了一位常務副市長，今天她來北京，說想看看你和孩子，不知道你願不願意見她？」

鄭莉沉吟了一會兒，說：「她想來就來吧。」

傅華鬆了口氣，他真擔心鄭莉不肯見曲志霞，那樣他就有點難做了。他笑了笑說：「謝謝你了，小莉。」

鄭莉卻冷淡的說：「還有別的事嗎？沒有我掛了。」

傅華說：「沒有了，去之前我會給你電話的。」

傅華話剛說完，鄭莉的電話已經掛了，傅華心情有些惆悵，看來鄭莉答應見曲志霞，只是幫他維持一下面子，並不是真的那麼情願。

這邊鄭莉的電話剛放下，沈佳的電話就打了進來，問說：

「傅華，曲副市長到了沒有啊？我看她坐的那個航班到達北京已經有點時間了。」

傅華笑笑說：「已經到了，我剛把她安置好，正想給沈姐打電話呢。」

沈佳急急問道：「那她說什麼時間可以跟我吃飯了嗎？」

傅華說：「她說要先給你準備一份禮物，才好安排吃飯的時間。」

沈佳聽了說：「她還挺客氣的，這麼說，我也該準備份禮物給她的。誒，傅華，你覺得她是怎麼樣的一個人啊，我給她準備什麼樣的禮物比較合適呢？」

傅華想了想說：「挺優雅的，說話做事很善於替人著想，不過要準備什麼樣的禮物，我也不好說，我也是第一次跟她接觸。」

沈佳笑說：「這倒是，給女人買禮物，男人的意見不一定合適。傅華，你說我讓小莉出來陪我逛一逛好不好啊？」

傅華為難地說：「沈姐，這要問小莉，我沒辦法做這個主的。」

沈佳說：「行，我問她就是了。如果回頭我拖她一起跟曲志霞吃飯，你沒意見吧？」

傅華笑說：「你能拖得出來，我自然沒意見了。」

沈佳說：「你別說得這麼輕鬆，到時候你也要作陪的。我想小莉的氣也該消得差不多了，到時候我再幫你打打圓場，你們應該就可以和好了。」

傅華說：「到時候打圓場的恐怕不止沈姐一個人，曲副市長也有意思想幫我跟小莉和好。希望到時候借助您二位的力量，真能讓我和小莉打破目前這個僵局。」

沈佳聽了說：「那是最好了。好啦，不跟你聊了，我給小莉打電話去了。」

臨近傍晚的時候，喬玉甄打電話來，說：「誒，傅華，你們的副市長曲志霞約我晚上一起吃飯，要不要一起啊？」

傅華知道喬玉甄這是想給他做面子，不過這個時機真是不太合適。曲志霞正想幫他跟鄭莉和好呢，這時候他去跟她們一起吃飯，曲志霞會怎麼想他啊？

傅華便說：「我倒是想去，不過這個時間點不太好。」

喬玉甄嗤了聲說：「這有什麼不好的？難道你找人算了這個時辰不宜跟我一起吃飯？」

傅華笑了起來，說：「那倒不是，而是曲志霞這次來北京，有一個目的是想促使我和我老婆和好的，這時候我再跟你一起吃飯……」

喬玉甄聽了，說：「原來是這樣子的啊，這個曲志霞還挺會做領導的，一來就想辦法籠絡人心。」

傅華笑笑說：「是啊，感覺上她是一個挺好相處的領導，沒什麼架子。」

喬玉甄提醒說：「你也別完全被她的表象給迷惑住了，我財政部的朋友說，這女人挺有心計的，算是一個很有手腕的女人。」

傅華說：「這我相信，如果她沒有心計，也到不了今天這個位置。」

喬玉甄認同地說：「是啊，這個社會上，女人如果沒點心機也出不了頭的。」

傅華開玩笑說：「你不會是在說你自己吧？」

喬玉甄不以爲意地說：「就是說我自己，不可以嗎？」

傅華笑說：「可以，怎麼不可以。其實我感覺我身邊的很多女人都比男人優秀，你們的成就也是大多數男人難以企及的。」

喬玉甄忍不住笑說：「怎麼突然在我面前拍起女人的馬屁了？不會是想要我幫你做什麼吧？要不，今晚我在曲志霞面前幫你說幾句好話？」

傅華正色說：「小喬，你別把我想的那麼功利好不好？我真的是這麼想的。晚上你跟她吃飯不要提我，搞不好她會多心的。」

領導們的心思有時是很難捉摸的，你不知道什麼地方會讓他感到不高興。傅華搞了這麼多年的駐京辦工作，幾乎每天都在跟領導們打交道，深深地知道這一點。在他還沒有很熟悉曲志霞這個女人前，他感覺最好還是不要讓喬玉甄過多的攪合進他們之間比較好。這也是他不願意參加晚上這個飯局的另一個原因。

曲志霞請喬玉甄客，可能是想巴結喬玉甄的，如果他去參加了飯局，曲志霞當著他的面就不得不維持一個常務副市長的架勢，就不好過多的表現出對喬玉甄的諂媚。但是曲志霞太端架子的話，又會擔心喬玉甄對她不滿。這場飯局對曲志霞來說，就變成一個很難拿捏好分寸的場面。一旦應對不好，即使她不遷怒於傅華，恐怕心裏也會對他多根刺的。

喬玉甄笑了起來，說：「好了，我是逗你玩的。行了，快到時間了，就不跟你聊了。誒，先祝你跟妻子順利和好啊。」

傅華笑說：「那就要看我們的曲副市長有沒有兩下子了，我可是並不樂觀。」

喬玉甄還擊說：「可不要小瞧了我們女人的智慧。」

傅華告饒說：「我哪敢啊！不過這次是女人對付女人，而且還都是很有智慧的女人，結果很難預料啊。」

喬玉甄打趣說：「那就算是以毒攻毒了，說不定曲志霞這一次還真的馬到功成呢。」

放下電話，傅華就接到了曲志霞從房間裏打來的電話，曲志霞讓他安排一輛車晚上給她用，她要出去會一下朋友。

傅華按照她的要求作了安排，又問曲志霞需不需要他陪同。曲志霞說：「私人的朋友，你把車安排好就行了。」

傅華留意到曲志霞很晚才回到海川大廈，看來曲志霞跟喬玉甄玩得很盡興。

第二天一早，還不到上班時間，傅華在宿舍就接到了曲志霞的電話，讓傅華給她安排車，她要趕去財政部見一位領導。

原本傅華還以爲她昨天那麼晚回來，今天不會很早就有行動的，所以對這麼早接到曲志霞的電話有些意外。看來這個女人也是個工作狂，工作起來不知道疲憊。

傅華就趕緊安排車子，自己陪她去了財政部。

在車上，曲志霞瞅了傅華一眼，隨口問道：「傅主任，你們駐京辦挺悠閒的，早上怎麼都沒有人在啊？」

傅華對曲志霞的問話沒有在意，笑笑說：「還不到上班時間，自然沒人會到。」

曲志霞笑了笑，沒再講什麼。告訴傅華可以跟沈佳約一下，看看晚上一起吃飯。傅華就打電話給沈佳，問沈佳可不可以把吃飯的時間訂在今晚。

沈佳一口答應說：「可以啊，不過傅華，你跟曲副市長說一聲，就說我拖了小莉來，希望你們夫妻倆來做陪客，問她介不介意？」

傅華愣了一下說：「小莉答應你了？」

沈佳笑說：「不答應我怎麼會跟你說啊。」

不知道沈佳對鄭莉用了什麼招數，居然能說動鄭莉出來跟他一起吃飯?!當著曲志霞的面，傅華也不好問，只好笑笑說：「沈姐你真有辦法，你等一下，我請示一下曲副市長。」

傅華就轉頭問曲志霞，曲志霞說：「這樣挺好的啊，到時候我和孫市長的夫人一起勸一下你老婆，這個面子算是給足了她，她應該會跟你和好了吧。」

傅華就說：「應該吧，那我告訴沈姐，說您同意讓我們夫妻參加了。」

傅華回覆了沈佳，沈佳應了一聲，說她去安排訂位，就掛了電話。

到了財政部，曲志霞單獨上去，傅華就在車裏等候。

過了一個多小時，曲志霞滿面春風的下來了，看來曲志霞對這次會面的結果是很滿意。

曲志霞又讓傅華送她跑了幾個部委，中午還請了一位部委的領導吃飯，直忙到下午四點多才回到海川大廈。整個過程中，曲志霞都是神采奕奕的，傅華不禁暗自佩服這個女人的精力旺盛。

回到海川大廈，曲志霞說她要回房間小憩一會，又讓傅華問了晚上聚會的地點，然後提前半個小時通知她。

晚宴的地點在東方君悅酒店的中餐廳，算是一個服務和環境都還不錯的地方，這裏的招牌菜是道地的京味美食，很符合沈佳這個地主的身分。

曲志霞和傅華到的時候，沈佳和鄭莉已經先到了。

見到沈佳的當下，曲志霞不禁有些錯愕，想來是因爲沈佳的模樣跟孫守義的落差太大，才讓曲志霞有點失態。不過這個女人隨即就恢復了正常，熱情的去跟沈佳握手。

寒暄之後，沈佳隨即介紹了鄭莉給曲志霞認識。傅華在一旁留意著鄭莉的表情。鄭莉看上去表情淡淡的，沒有顯出不高興的樣子，傅華猜不透鄭莉來參加這個宴會究竟是怎麼一個想法。

曲志霞親切地跟鄭莉握了握手，說：「謝謝你給我這個面子，肯出來吃這頓飯。」

鄭莉禮貌地笑笑說：「副市長太客氣了，其實是我跟您沾光，幸虧沈姐讓我來陪您吃飯，才有機會很榮幸的認識您。」

曲志霞趕忙說：「大家都是女人，見上面就是姐妹，就不要說什麼榮幸不榮幸的話了。誒，我身旁這位，需不需要我幫你做個介紹啊？」

鄭莉笑說：「曲副市長真是幽默，我雖然生他的氣，但是自己的老公還是認識的。」

曲志霞說：「你不要叫我什麼曲副市長了，我比你年長幾歲，稱呼你一聲妹子，你叫我一聲曲姐，應該沒問題吧？」

鄭莉笑笑說：「當然沒問題了，曲姐。」

「既然你叫我姐了，那我就充大一點，有些話我就要說你一下了。妹子，傅主任確實是有錯，但是呢，既然你還當他是你老公，夫妻倆吵架就不要拖太久，很傷感情的。今天妹子就衝著我和你沈姐兩位姐姐的面子，再給他一次機會，就原諒他吧。」曲志霞幫傅華求情說。

鄭莉回避說：「曲姐，我們不談這個好嗎？今天是沈姐請您，我們不要模糊了焦點。」

曲志霞說：「主角雖然是我，但是我和沈姐能借此機會讓你們夫妻和好，也是一件功德無量的事啊。」

沈佳也敲邊鼓說：「是呀，小莉，事情過去那麼久了，你的氣也該消了吧？給我們兩位姐姐點面子，就原諒傅華吧。你沒看傅華現在的樣子，比以前滄桑了很多，可見這件事對他折磨得多麼厲害。」

鄭莉瞅了傅華一眼，說：「他有嗎？」

沈佳說：「當然有啦，他現在的精神比以前差很多。傅華，你別光看著我們不說話，你也得有個態度啊?!」

曲志霞笑說：「是啊，傅主任，你還不趕緊表個態？」

傅華看著鄭莉，小心翼翼地說：「小莉啊，我早就知錯了，你就原諒我吧。」

鄭莉低著頭不說話，沈佳就過去扯了扯鄭莉的衣服，說：「小莉，你別再繃著了，我記得你們倆當初是那麼的恩愛，不能傅華錯一次，你就非一棒子把他打死不可，難道你真的想跟他散了？聽我的話，給他一次機會吧。」

曲志霞也附和說：「是啊，妹子，你聽我一句話，這世界上的男人沒有十全十美的，也沒有不犯錯的。錯了就讓他改嘛，趙本山那句話怎麼說來著，大不了改了再犯嘛。」

鄭莉被曲志霞的話逗笑了，這一笑，就不好再繃著個臉了，只好無奈地搖搖頭說：「好了，兩位姐姐，我給他機會還不行嗎？」

聽鄭莉終於鬆了口，曲志霞趕緊去拽了一下傅華，說：「傅主任，別愣著了，還不趕緊謝謝妹子給你機會?!」

傅華沒想到鄭莉居然會被沈佳和曲志霞說動，半信半疑的看著鄭莉，想從鄭莉臉上看出鄭莉是不是隨便敷衍曲志霞和沈佳而已。

鄭莉看傅華懷疑的眼神，忍不住說：「你不用不相信，我是真的願意給你機會，不過，你可別指望我會讓你改了再犯的。」

傅華還是有點不敢相信眼前這一幕是真的，不過他知道他要好好把握住這次機會，便趕忙說：「不會了，小莉，絕對不會再有下次了。謝謝，謝謝你肯給我機會。」

沈佳取笑說：「小莉，你看傅華高興的。」

鄭莉嬌嗔說：「好了，你別光顧著謝我了，今天要不是兩位姐姐一再幫你求情，我是不會原諒你的。」

傅華趕忙說：「謝謝曲副市長，謝謝沈姐。」

一對怨偶調解好了，四人就正式入席，這裏的招牌菜是北京烤鴨，口感酥脆，配上正宗的京味甜麵醬與蔥絲、捲餅，十足北京味，讓人口齒留香。

菜的口味很好，但是傅華的注意力卻不在菜上，他一直在偷眼打量著鄭莉，鄭莉和沈佳、曲志霞聊得十分開心。三個女人彼此交換了禮物。

曲志霞給鄭莉和沈佳準備的都是一枚胸針，鄭莉的那枚胸針稍顯活潑，而給沈佳的那枚則比較莊重，顯然曲志霞很貼心的考慮到了兩人的年齡。

沈佳送給曲志霞的是一條名牌絲巾，曲志霞圍上去之後，氣質一下子高貴了很多。鄭莉送給曲志霞的，則是一瓶名牌香水。

曲志霞在手腕噴了一點，聞了說：「嗯，不錯，這個香味我還敢用，太香的話，我只能在家裏偷著用，根本就不敢在公開場合時用了。」

三個女人就邊吃邊聊著女人的話題，十分熱絡，倒是把傅華給晾在一邊了。

吃完飯，沈佳說：「我送曲姐回去，傅華，你送小莉回家。」

傅華看了看曲志霞，曲志霞笑說：「別看我了，趕緊送小莉回家吧，我跟你說，你可要珍惜這次難得的機會，回家去可要好好哄哄小莉，不准再惹她生氣啦。」

傅華點點頭說：「我會的。」

傅華就把鄭莉送回笙篁雅舍，一路上，鄭莉也不說話，搞得傅華有些摸不著頭緒。很快到了笙篁雅舍，傅華停下車，看了看鄭莉，想要問鄭莉是不是讓他上去，卻有些開不了口。

鄭莉白了他一眼，說：「怎麼，還要我請你上去啊？」

聽到鄭莉這句話，傅華簡直是喜出望外，這就是說鄭莉終於肯赦免他了。他趕忙說：「不用，不用。」

於是傅華下車幫鄭莉提好東西，一起進了電梯。到了家門口，鄭莉開了門，然後說：「請吧。」

傅華眼圈紅了一下，此刻他感慨萬千，動情地說：「小莉，我這不是在做夢吧？」

鄭莉看了他一眼，說：「你說呢？」

傅華說：「我說不清楚，我有點不相信眼前的這一切是真的。如果真是做夢的話，我

希望這場夢永遠不要醒。」

鄭莉斥說：「好了，你趕緊給我滾進來吧，我還急著去看兒子睡沒睡覺呢。」

傅華趕忙進了屋，跟鄭莉一起進臥室看兒子傅瑾。

傅瑾在保姆的看護下睡得很甜，傅華看著兒子胖乎乎的小臉，忍不住想過去親他一口，卻被鄭莉一把給拽住了，瞪了他一眼說：「現在不准你親他，小心你的鬍子扎到他。」

傅華笑著點點頭說：「好的，明天我一定把鬍子刮得乾乾淨淨的。」

兩人看了一會兒傅瑾，鄭莉把傅華拉出房門說：「你跟我出來，我有話跟你說。」

傅華的心開始往下沉，心想他最擔心的事情還是發生了，鄭莉叫他出去，一定沒什麼好話。

傅華嘆了口氣，沮喪地跟著鄭莉出了臥室，鄭莉開了客房的門，簡單地收拾了一下，對傅華說：「今晚你就睡這裏吧。」

傅華苦笑著點了點頭，短短的時間內，他的心理落差實在是太大了，從喜悅的頂點一下子又落進了冰庫裏，此刻他渾身一點氣力都沒有，落寞的去床邊坐了下來，等待著鄭莉發落他。

鄭莉並沒有像傅華預期的那樣對他開罵，而是坐到了傅華的身邊，對傅華說：「你把身上的衣服撩起來。」

傅華愣住了，不明所以的說：「小莉，你想幹嘛啊？」

鄭莉不耐煩的說：「讓你撩起來，你就撩起來。」

傅華將衣服撩了起來，肚子上被john所捅的傷口已經癒合，但是留下了一條很長的紅色疤痕，看上去觸目驚心。

鄭莉顫抖的伸手去觸摸那些疤痕，說：「還痛嗎？」

從鄭莉顫抖的手指上，傅華感受到鄭莉心中還是牽掛著他的，只是她用冷漠把牽掛壓抑了下去。他笑笑說：「已經沒事了，不痛了。」

鄭莉看著傅華說：「你跟我說實話，你受傷的時候，我沒有從法國趕回來，你心裏有沒有恨過我？」

鄭莉一下子觸到傅華心中最痛的部分了，他的眼圈含著淚水說：「是，那是我最脆弱的時候，我很希望你能回到我的身邊，我以爲我們是相愛的，即使我犯了再大的錯誤，你也不該棄我而不顧的，但是你偏偏狠得下心來……」

鄭莉深情地看著傅華說：「我不知道，傅華，那段時間我好像鑽進了牛角尖一樣，我就覺得你不應該那麼對我，是你對不起我，我想的都是我自己，完全忽略了你也遭遇到人生最困難的時刻了，傅華，今天看到這些傷疤，我忽然覺得很心痛很心痛……」

說著說著，鄭莉眼淚流了下來，傅華伸手給鄭莉擦掉眼淚，說：「別哭，小莉，這是我的錯……」

說到這裏，傳華也很心酸，眼淚終於控制不住流了下來，哽咽著哭了起來。

鄭莉的情緒被他帶動，抱著他放聲大哭。兩人壓抑了許久的情緒終於找到了宣洩口，就這樣抱著哭了好久。

過了一會兒，傳華先控制住情緒，拍著鄭莉的後背，安慰說：「小莉，別哭了，哭傷了身體就不好了，別忘了你還要帶傳瑾呢。」

鄭莉聽到傳華提到兒子，這才慢慢收住哭聲，哽咽著說：「我們倆真好笑，這麼大的人了，還哭得跟孩子一樣，傳瑾看到我們這樣子，一定會很納悶的。」

傳華笑說：「是啊，他會奇怪我們這些大人怎麼比他還能哭呢？」

鄭莉說：「好了，我們去洗把臉吧。」

兩人去洗了臉，回來情緒已經平靜了很多。

傳華忍不住問鄭莉說：「小莉，你今天是真的被沈姐和曲志霞給勸動，才答應跟我和好的？」

「我就知道你會感到奇怪，其實不關曲志霞什麼事，是沈姐讓我覺得也許我真的做得太過分了。她跟我講了你這段時間所遭遇到的各種事情，我才意識到你這段時間過得比我還難受。而我不但沒有幫你，反而最讓你感到煎熬。」鄭莉感嘆說。

傅華趕緊說：「小莉，你不要這麼說，我知道生傅瑾給了你很大的壓力，我又在這時候鬧出那種事，你生我的氣也在情理中，幸好我們都熬過了這段難過的日子。」

鄭莉點點頭說：「嗯，幸好我們從困境走出來了。我們要記住這次的教訓，再也不要互相傷害了。」

傅華抱緊了鄭莉，說：「一定不會了。」

「傅華啊，你最近應該多注意一下駐京辦的工作。」鄭莉忽然對傅華說。

傅華愣了一下，說：「駐京辦的工作很正常啊，怎麼了？」

鄭莉搖頭說：「沈姐說曲志霞這次來北京，其中一個目的就是想整頓駐京辦的，這是她跟孫守義說的，你要小心她拿你做什麼文章。」

傅華訝異地說：「她說她這次來是要到財政部要錢的，沒提駐京辦的事啊？」

鄭莉說：「這就是這個女人狡猾的一面，女人最瞭解女人了，我可以看得出來，她絕對不像她外表表現出來的那麼和善，她心裏藏著東西呢。也正是因爲沈姐提醒我這一點，我才鬆口答應跟你和好的，要不然你就等著吧。我的男人我自己欺負倒也罷了，可絕對不能讓別的女人欺負了。」

傅華聽了，笑說：「那我也該感激曲志霞，沒有她這麼一搞，我還真的不知道什麼時候才能得到你的原諒呢。」

鄭莉也笑了起來，說：「這倒也是，你要不要給她發一封感謝信啊？」

兩人相互依偎了一會兒之後，鄭莉就去臥室陪兒子去了，傅華自己在客房的床上翻來覆去，好半天都沒睡著。

一來是因為等了這麼久，終於等到了鄭莉的原諒，傅華的內心不能不說有些激動。另一方面，傅華也在想曲志霞這個女人。

原本他對曲志霞很有好感，覺得她懂得體恤下屬的辛苦，還知道幫他調解跟鄭莉的矛盾。尤其是在今晚鄭莉答應原諒他的那一刻，讓傅華心中對曲志霞充滿了感激。

沒想到曲志霞這麼做，不過是一種政治操弄的手法而已，一方面幫他和鄭莉和好，另一邊卻想要整頓駐京辦。這一拉一打，在用感情籠絡他的同時，卻不忘給他適度的警告，這個女人還真是善於玩弄政治手腕啊。

再者，按照傅華的猜測，駐京辦裏一定有人在跟曲志霞互通消息，不然曲志霞也不會談什麼整頓駐京辦，一定是有人跟她打過小報告了，她這才會想要給他一個下馬威。

這個人會是誰呢？是羅雨還是林東呢？

傅華覺得林東比較可能，他來駐京辦的這段時間，林東總是小動作不斷，想要把他擠走好取而代之。

然而，就算是傅華離開了駐京辦，接下主任位置的人也應該是羅雨，而非林東。但是人就是這樣，他們很難認清自己有多少斤兩，常常都是自以爲是。

要不要搶在曲志霞整頓駐京辦之前，先來敲打一下林東呢？如果真是林東給曲志霞通風報信的，這也算是給曲志霞一個眼色看看。

不過玩這種手法，似乎太有針對性了。傅華剛跟鄭莉和好，心情不錯，因此不想把跟頂頭上司的關係搞得那麼針鋒相對。

傅華忽然有了一個奇妙的想法，如果乾脆來個不理，讓事情完全按照曲志霞的預想去進行會如何呢？

傅華決定對曲志霞採用的對策就是聽之任之，她高興怎麼做就怎麼做好啦，他頂多被批評幾句而已，犯不上去開罪曲志霞。

此刻的海川市，局勢有點微妙，曲志霞跟金達曾經是同事，孫守義自然對曲志霞有所防備，沈佳把曲志霞想要整頓駐京辦的消息透給他，恐怕也是不想讓曲志霞的意圖得逞。而這個女人的野心不小，也不會甘於做金達的附庸，必然會想要在海川政壇爭取自己的一席之地。

海川的局勢由此變得更加複雜，從以前的兩強爭勝，變成三足鼎立的架勢了。

第二天一早，傅華並沒有很早去駐京辦上班，既然曲志霞對駐京辦的整頓勢在必行，那麼即使他表現得再積極，恐怕也是爲時已晚，索性就給她一個適當的藉口，讓她的整頓名正言順些。

果然，傅華到駐京辦時，曲志霞已經在辦公室裏了。

傅華故意裝作不知道曲志霞這麼早來駐京辦是爲什麼，見到她笑了笑說：「曲副市長這麼早就來了啊？昨天真是很謝謝您，沒您和沈姐，我和我老婆還不知道什麼時候能夠和好呢。」

曲志霞說：「不用這麼客氣，你們能夠和好我也很高興。不過，傅主任，你不要因爲跟老婆和好了，就忘記了駐京辦這邊還有工作要做的。」

傅華笑說：「那怎麼能忘記啊。」

曲志霞責備說：「沒忘記的話，怎麼會遲到呢？傅主任，在這裏你是負責人，你要起帶頭表率作用才行，連你都遲到了，下面的同志會怎麼去做呢？」

傅華心說：這個女人果然有預謀，這副架勢就是想來整頓他們的姿態，既然你想表演，那就讓你表演個夠吧。

傅華解釋說：「曲副市長，您可能不瞭解，北京這個時間正是交通尖峰時間，我不是想要遲到，而是遇到了堵車。」

曲志霞看了傅華一眼，有些不滿地說：

「傅主任，你不覺得拿這個做藉口是在搪塞我嗎？誰不知道北京天天堵車啊？既然知道堵車，爲什麼不提前出發呢？這兩天我住在海川大廈，就在觀察你們駐京辦的工作狀況，也跟一些同志聊了聊，我發現你們的工作態度散漫，有些同志很不負責任，不到下班時間就早退，這很成問題啊。」

傅華耐著性子說：「曲副市長，您有點誤會了，我們駐京辦的性質並不是整天待在辦公室，同志們也需要到處跑部委之類的，所以……」

曲志霞臉色沉了下來，打斷傅華的話，說：

「不要強詞奪理了，這是態度問題，你作爲一個管理者都認識不到這一點，難怪駐京辦的工作風氣會這麼差。你現在去把同志們召集一下，我想跟大家開個會，談談這方面的問題。」

傅華看了一眼曲志霞，說：「曲副市長，您……」

曲志霞臉色暗沉著說：「別囉嗦了，趕緊召集人員開會。」

於是傅華把同仁們都叫到會議室，曲志霞就開始好一番的精神訓話起來。

曲志霞講話的時候，傅華偷眼去看林東和羅雨的表情，林東臉上帶有喜色，羅雨則顯得忿忿不平的樣子，顯然林東對曲志霞這麼做暗自心喜。

曲志霞訓斥完，便提出要駐京辦拿出整頓措施，並把相關措施和實施狀況彙報給她，說她會持續關注這件事，然後對傅華說：

「傅主任，談談你的意見吧？」

傅華戒慎恐懼地說：「剛才聽曲副市長講的話，我後背的汗都下來了，這些問題確實存在，有些還十分的嚴重……」

傅華完全是一副承認錯誤的架勢，曲志霞對傅華的態度顯得很滿意，又說了些訓誡的話，這場會議才劃上了句號。

會議結束後，傅華回到辦公室，羅雨跟了進來。

關上門後，羅雨忍不住抱怨說：「傅主任，曲副市長這是什麼意思啊？她懂駐京辦的運作方式嗎？不懂還來指手畫腳的。」

傅華瞪了羅雨一眼，說：「小羅，你怎麼可以隨便去指責領導呢，你想幹嘛啊，顯得你比領導聰明嗎？」

羅雨不滿地說：「不是啊，這簡直是瞎指揮嘛。」

傅華斥責說：「胡說，領導這麼說是有領導的道理的，小羅，你也這麼大人了，講話要經過大腦。我警告你，不准你隨便去批評曲副市長。好了，你出去吧，把林主任給我叫進來。」

羅雨愣了一下，說：「你叫他幹嘛？你沒看剛才他在偷著高興嗎？我很懷疑曲副市長講的關於駐京辦的情形，根本就是他透露的。」

傅華說：「我叫他幹嘛這你還不知道嗎？我想讓他搞曲副市長要的整改措施，難不成你想搞啊?!」

羅雨看了傅華一眼，有點明白傅華的意思了，就笑說：「這個我可沒經驗，還是讓林主任搞吧。」

傅華說：「那你還不出去？」

過了一會兒，林東敲門進來，「傅主任，您找我有事啊？」

傅華說：「老林啊，剛才你也聽到了曲副市長對我們駐京辦很不滿意，我想了半天，這個整頓措施就由你來擬定比較合適。你是駐京辦的老人了，對駐京辦情況熟悉，所以我想讓你來把把關。」

林東有些不知所措地說：「傅主任，這不合適吧？」

傅華說：「怎麼不合適啊，難道你覺得曲副市長講的不對？還是你覺得我們不需要整頓？」

林東忙揮手說：「不不，我不是那個意思，只是我的水準不高，拿出的措施曲副市長不一定會滿意。」

傅華說：「老林啊，這個時候你就不要謙虛了，我信得過你，你就當幫我的忙好了。」

林東雖然不情願，卻也不得不接下這項工作。

下午，曲志霞要了輛車，說是去會朋友，傅華就留在駐京辦沒有陪她去。正在處理公務時，喬玉甄的電話打了進來，一來就問曲志霞有沒有調解好他們夫妻的關係，傅華笑了起來，說：「我們已經和好了，謝謝你這麼關心。」

喬玉甄詫異地說：「不會吧，曲志霞這麼有本事？她一出馬，你們僵持這麼久的關係就化解了？」

傅華跟喬玉甄相互間很坦誠，也不必隱瞞喬玉甄什麼，便說：「其實並不是她幫我們調解好的，而是她的出現給了鄭莉推動的力量，反而讓鄭莉覺得她需要維護我，這才跟我和好的。」

傅華就講了鄭莉跟他和好的真正原因，喬玉甄聽完也笑了起來，說：「這個曲志霞，原來是起了反作用啊，不過她總是幫到你了。」

傅華說：「是啊，所以我還是很感激她的，今天她把我們駐京辦狠批了一通，我都老老實實地接受了。」

喬玉甄困惑地說：「這我就有點不明白了，她一方面幫你跟老婆和好，又反過頭來批評你，她這是想幹什麼啊？哦，我明白了，她這是想收服你。」

傅華說：「你果然厲害，馬上就明白其中的奧妙了。」

喬玉甄笑笑說：「曲志霞把事情搞得這麼複雜幹什麼啊，我感覺她有點玩的太過了。誒，傅華，要不要我幫你教訓她一下啊？我只要在她面前提你的名字，說跟你關係很好，估計她的態度肯定會有很大轉變的。」

傅華拒絕了她的好意，說：「小喬，真的沒必要，我這樣老老實實的接受，她對我的印象還會很好；如果你刻意在她面前提我的名字，反而會讓她更反感。其實我明白她為什麼這麼做，也許她不是要針對我。」

喬玉甄納悶說：「她這麼狠批你，怎麼會不是針對你呢？」

傅華分析說：「這個也是我剛剛才想到的。曲志霞剛到海川，自然需要趕緊為自己樹立威信，而我們駐京辦跟市裏各單位間的聯繫相對較少，批評我們，影響的層面就不會很大。而她幫我跟鄭莉和好，便是做好了鋪墊工作，這樣她就是說重話批評我，我也會念在她幫過我的忙，不會跟她直接起衝突的。」

喬玉甄笑說：「原來你是被人家殺雞給猴看了。」

傅華也笑了，估計這刻曲志霞重炮批評駐京辦的風聲已經傳遍了海川政壇，曲志霞想殺雞儆猴的目的應該達到了，海川政壇一定會因此對她刮目相看的。

喬玉甄接著說道：「既然你願意做這個犧牲，那我就不管了。誒，什麼時間讓我請請你們夫妻吧，算是慶祝你們和好。」

傅華推拒了：「還真是不太方便，你知道鄭莉她這次跟我鬧翻，就是嫌我老愛跟一些漂亮女人糾纏不清，女人愛吃醋的心理你明白的。」

喬玉甄笑說：「好啦，我知道你的意思了，那就算了吧，不過，還是祝賀你跟她和好。」

傅華笑笑說：「謝謝了。」

第四章

三方勢力

傅華覺得孫守義打電話來，似乎有試探的意思，
現在海川的政治舞臺上多了曲志霞這個新生力量，
加上金達，孫守義大概是想弄清楚他在這三方勢力的角逐中，
是抱持什麼樣的立場，那要怎麼表態就需要斟酌一下了。

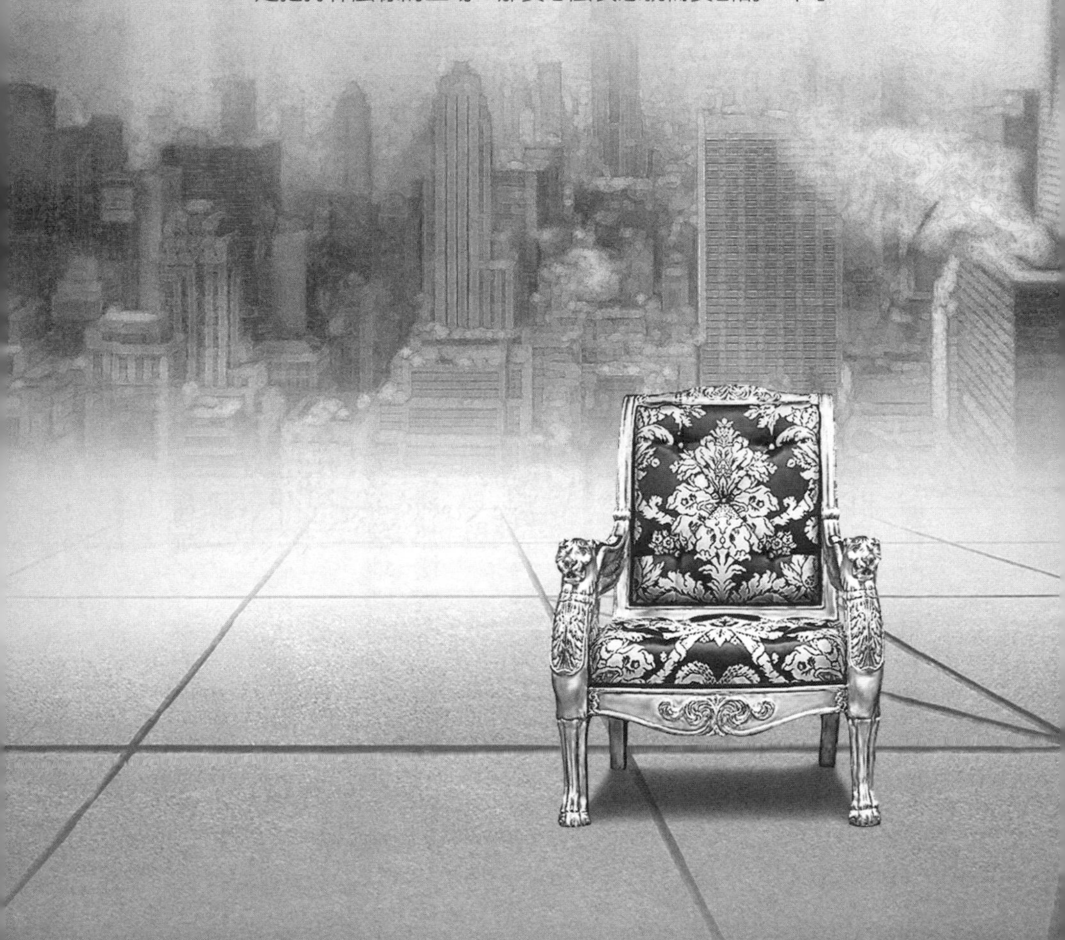

一直到晚上下班，曲志霞都沒有回到駐京辦，也沒打電話給傅華做什麼安排。傅華在駐京辦等了一個多小時，這才離開駐京辦回家。

鄭莉已經準備好晚餐，傅華已經很久沒跟鄭莉坐在一起吃飯了，此刻真是有些恍如隔世的感覺。

吃完飯，兩人陪著傅瑾玩，把傅瑾哄睡了，傅華這才戀戀不捨地回到客房，鄭莉並沒有留他。傅華心中有些悵然，看來他要跟鄭莉完全恢復到以前那樣親密，還需要一段時間。

傅華看了一會兒書，簡單的漱洗一下，準備休息。這時，客房的門被打開了，鄭莉穿著一身粉紅色的睡衣站在門口。

傅華興奮地從床上爬起，快步走到門口，叫了一聲小莉，就把鄭莉抱進了懷裏。他可以感覺到鄭莉的身軀顫抖了一下，但沒有掙脫的意思。

傅華的膽子大了一些，把鄭莉帶到床上，然後伸手去解開鄭莉的睡衣，他的動作溫柔緩慢，一邊擔心著鄭莉的反應，準備只要鄭莉一有抗拒，他就馬上收手。

鄭莉一直臉紅紅的，但沒有制止傅華的意思，她的睡衣慢慢被完全解開了，傅華俯下頭親吻著鄭莉光滑白皙的玉頸，鄭莉嚶嚀一聲，身子扭動著，就和傅華糾纏到了一起。

傅華始終小心翼翼地，好像懷中的鄭莉是一個薄胎瓷器，只要稍微一用力就可能被他打破一樣。

一開始鄭莉身子還顯得很僵硬，但是隨著互動的頻繁，鄭莉覺得自己的身體炙熱起來，也越來越積極的回應著傅華，兩人緊緊地相擁著，彷彿想把對方嵌進自己的體內一樣。

在即將達到巔峰的那一刻，鄭莉猛地張嘴狠狠地咬住了傅華的肩膀，傅華感受到她的牙齒刺進肉裏的痛楚，更深深感受到鄭莉對他的愛恨交集，腦海裏一陣轟鳴，天和地在這一刻完全的結合在一起。

第二天上班，傅華還能感受到肩膀上火辣辣的痛，鄭莉把這段日子心中的怨氣徹底的宣洩了出來，真正打開了心結。傅華曉得，他跟鄭莉未來將有很長的一段人生之路要共同走下去。

剛在辦公室坐下來，林東就找了過來，拿著幾頁紙遞給傅華，說：「傅主任，這是我擬出來的整頓措施，你看看有什麼需要修改的地方沒有。」

傅華說：「這麼快啊，老林，花了不少心思吧？」

林東呵呵笑了笑，說：「只是一些不成熟的看法，主任看看合不合適。」

傅華接過來翻了一下，這些整頓內容基本上都是固定的套路，林東也玩不出什麼新意來，傅華看了，覺得沒有不妥的地方，就笑笑說：

「挺好的，想得很周到，先放我這兒吧，等一會兒我拿給曲副市長看一下，如果她同意，我們就按照上面的進行吧。」

林東點點頭，說了聲好就出去了。

傅華在辦公室等了一會兒，估計曲志霞這個時間應該起來了，就打了個電話給她，說是要將整頓措施跟曲志霞彙報一下。

曲志霞聽了說：「行，你過來吧。」

傅華就拿著林東擬好的報告去了曲志霞的房間。

曲志霞已經起床，穿戴整齊的坐在房間裏。

她接過傅華遞給他的報告，裝模作樣看了一遍，然後點點頭，說：

「不錯，內容很到位，就按照上面實施吧。不過你要注意，傅主任，措施僅僅寫在紙上是沒有用的，必須要落實到實處才行，所以你不要以爲事情到此就結束了，我會持續關注駐京辦落實的情形。」

傅華雖然心中不滿，嘴上卻承諾說：「曲副市長您放心，我一定按照上面的措施狠抓落實的。」

其實這些話，都不過是做官面文章而已，這些東西每年政府機關都要搞幾次才行，不

然就顯得政府機關好像什麼工作都沒幹一樣。現在曲志霞已經達到了立威的目的，聰明的話，她就應該知道適可而止。

曲志霞心中估計也明白這一點，在傅華做出承諾會嚴抓落實之後，就轉變口風說：「傅主任啊，這次你要諒解我，我不是有意要針對你，你知道做領導的也有領導的難處，對你們駐京辦，有不少負面的反映，說你們這裏是什麼海川市的第二政府之類的，形象很惡劣，市政府不得不有個態度。來之前，我跟守義市長說過這個情況，他也贊同我的看法，認爲你們需要適當的整頓一下。不過，我也知道你們在北京展開工作不容易，大家就相互理解吧。」

傅華笑笑說：「曲副市長，您放心，對您和市政府整頓駐京辦的決定我十分擁護，絕沒有任何排斥。我一定會落實好整頓措施，不會讓您失望的。」

曲志霞滿意地說：「你有這個態度就好。好了，傅主任，我們不談這個了。誒，我聽說你是北大畢業的高材生啊？」

傅華低調地說：「高材生談不上，北大人才濟濟，怎麼也輪不上我稱高材生的。」

曲志霞笑說：「傅主任謙虛了，我昨天遇到北大的一位學者，談話中他還特別提到你，說你是官員當中少有的學者型人才。」

傅華猜不出來曲志霞說的這個學者是誰，他的老師張凡雖然很賞識他，但是從沒有把他說成是官員當中學者型人才的意思。

傅華便說：「那是他謬讚了，這個稱號我可當不起，您說的究竟是誰啊？」

曲志霞笑說：「就是知名的學者寧則啊，他說曾經去海川做過私營企業生存狀況的調研，對你有過瞭解。」

寧則現在的名氣越來越響，儼然是國內經濟界扛鼎的學者。曲志霞居然能接觸到寧則的圈子，能力果真不可小覷。

傅華聽了說：「您說的是寧教授啊，他可是北大的風雲人物。我跟他其實並不熟，也就是因爲那次的調研，我們才接觸了一下，之後就沒什麼來往了。」

傅華強調他跟寧則不熟，是因爲他擔心曲志霞想讓他找寧則辦什麼事。寧則上一次肯幫忙，完全是看在曉菲的面子上，傅華不想爲了曲志霞去找曉菲幫忙，在他而言，曲志霞雖然是頂頭上司，卻還沒到讓他願意動用朋友關係來幫忙的地步。

另一方面，寧則今非昔比，曉菲能不能調動得了他都很難說，傅華先把不熟的話說在前面，好堵住曲志霞可能提出的請求。

曲志霞果然顯得有點失望，說：「原來你跟他不太熟啊，我原本還想讓你出面幫我安排一下，請寧則吃頓飯呢，好多問題我想向他當面請益。」

從曲志霞這句話，傅華曉得曲志霞跟寧則的接觸可能只是蜻蜓點水式的，簡單的互報

了一下名字而已，曲志霞剛才在傅華心中樹立起來的地位立即就打了折扣。

傅華笑笑說：「曲副市長，這我可幫不上您的忙了，我還不夠請寧則吃飯的份呢。」

曲志霞的臉色變了一下，隨即很快就恢復正常，說：「那就算了，就當我沒提過這件事。」

傅華看到曲志霞臉色的變化，心裏後悔不該說剛才那句話，會讓曲志霞聽出他是在諷刺她不夠資格請寧則吃飯。看來他還是不夠內斂，一不小心就把不該有的小聰明給露了出來。

這算是一個敗筆，如果沒有這個敗筆，曲志霞這次的北京之行，傅華感覺可以說是功德圓滿的。不過話既然說出口，再想補救也不可能了。

傅華就轉而問曲志霞今天的行程安排，曲志霞說她還要見幾個朋友，讓傅華給他安排好車子，無需陪同。傅華答應了聲，就退出了曲志霞的房間。

傅華回到他的辦公室，把林東叫了過來，然後把整頓措施交給林東，說：

「老林，曲副市長對你擬出來的整頓措施很滿意，讓我們就按照這個實施。我想了一下，既然這些措施是你擬出來的，你應該是對這些措施最理解的一個人，也最能將這些措施落實到實處，所以我想，就由你來主抓這件事吧。」

對林東這樣愛搞小動作的人，把他孤立起來反而不好，還不如讓他有點事情去忙活，也堵住林東再向市裏打他小報告的嘴。

臨近中午的時候，曲志霞坐車離開駐京辦，看來是跟朋友吃飯去了。下午三點多，傅華接到喬玉甄的電話。

喬玉甄笑說：「傅華，你知道你裝好人破功了嗎？」

傅華一聽就明白是怎麼回事了，笑笑說：「你今天中午是跟曲志霞一起吃的飯吧？」

喬玉甄讚道：「聰明！我們剛剛才吃完飯分手，你知道她怎麼說你的嗎？」

傅華知道曲志霞一定是沒說什麼好話，不過他也不在乎，就輕鬆地說：「她怎麼說？」

喬玉甄說：「她說今天被你這個駐京辦主任給嗆了一下，本來覺得你是個挺忠厚的人，沒想到你的忠厚都是裝出來的，心裏可壞著呢，說話還夾槍帶棒的。咦，你究竟說了什麼，把她得罪成這樣。」

傅華笑說：「她讓我安排請寧則吃飯，我跟她我還夠不上那份兒，她的臉色就不太好看了。」

喬玉甄聽了說：「哦，我明白了，我想她一定是把你的話理解成對她的諷刺了，難怪她今天在飯桌上老問我有沒有什麼管道能讓她跟寧則搭上關係。」

傅華說：「其實也不完全是她理解錯誤，當時我是真的有諷刺她的意思。哼，這個女人把我當什麼了，可以任她予取予求嗎？誒，她非要找寧則幹什麼啊？」

喬玉甄笑笑說：「她想跟著寧則讀在職博士。」

傅華驚訝的說：「這個女人的野心還真大啊，她如果真的掛上寧則的名頭，以現在寧則在政商兩界的影響力，她的仕途將會不可限量。難怪我那句話把她氣成那樣。」

喬玉甄有點擔心的說：「傅華啊，女人要是恨上一個人可不是好對付的。你也是的，都忍耐那麼久了，怎麼不忍到底呢？」

傅華自省說：「我承認我修養還不夠，那一刻不自覺地就諷刺了她一下，話說出口，我心裏也很後悔，可是已經收不回來了。誒，那你可以幫她跟寧則搭上線嗎？」

喬玉甄笑說：「你也把我看得太神通廣大了吧？我是個商人，跟學界的人本來就接觸不多，寧則這樣鳳毛麟角的人物更談不上了。不過，真要是動員一些人脈，還是可以拐彎抹角間接找上寧則的。但是用你的話說，讓我動用那麼重要的人脈關係，曲志霞還不到那個分量。」

傅華說：「寧則那個人據我瞭解，是個很有個性的人，除非有那種讓他不得不低頭的人脈關係，否則寧則根本不會收下她這個學生的，她真是有點異想天開了。」

喬玉甄笑笑說：「女人不都是愛異想天開的嗎？」

傅華說：「這倒也是。誒，小喬，你沒有跟她說我們認識吧？」

喬玉甄說：「你不讓我說我怎麼敢說啊！怎麼，改變主意了？你要是改變主意，我可以馬上就打電話給她，講明我們是好朋友，她就是對你再有不滿，也不敢發作的。」

傅華趕忙說：「千萬不要。你如果這麼跟她說，明面上她可能不會對我怎麼樣，暗地裏肯定會惱羞成怒的，那樣她跟我的嫌隙就更大了。我畢竟在她手下工作，她若是想對我有什麼不利，不會一點辦法都沒有的。」

喬玉甄不禁問道：「你怕她嗎，傅華？」

傅華笑說：「怕倒不至於怕，只是我不想把太多精力耗費在這些勾心鬥角裏面去，有這種時間，我陪兒子多玩會兒不好嗎？」

喬玉甄笑笑說：「現在你老婆跟你和好了，看把你幸福的。好啦，就聽你的，我不插手你們之間的事了。不過傅華，你要小心，我看曲志霞不是那麼容易放棄的人，她不能成爲寧則的學生，一定會想辦法再找可以替代寧則的人。她今天就問我認不認識北京這邊跟寧則層級相當的學者，意圖相當明顯。」

傅華詫異地說：「你是說曲志霞一定要在北京讀博士？」

喬玉甄說：「對啊，曲志霞的野心很大，她想拿學位當做往上爬的敲門磚。當今社會，像寧則那樣有個性的人畢竟是少數，大多都是沒有風骨的人，一點點利益就能收買他

們。所以曲志霞想找個有名氣的教授做她的指導教授，並不是件難事。」

喬玉甄接著說道：「曲志霞如果真在北京讀博士，以後就會經常出入你們駐京辦，你要面對這樣一個對你有看法的女人，可有你受的了。」

傅華大嘆道：「我還真是流年不利啊，本來我想躲著麻煩走，結果躲來躲去還是無法躲過啊，哪天真要去雍和宮燒燒香，去去邪氣了。」

喬玉甄笑說：「好啊，你要去的時候叫上我啊。」

這時，傅華注意到曲志霞的車子回到了駐京辦，就對喬玉甄說：「曲志霞回來了，我不能跟你聊了，掛啦。」

傅華掛上電話，然後做出一副認真辦公的樣子。按照他的估計，曲志霞很可能會來駐京辦這邊看看的，說不定又會挑他的毛病，借機發作。

過了一會兒，曲志霞果然出現在傅華的辦公室。看傅華正在專心辦公，不禁有點失望。

傅華看到曲志霞，連忙站了起來，笑說：「您回來了，快請坐。」

曲志霞在喬玉甄那裏碰了壁，心裏很不舒坦，此刻又挑不成傅華的毛病，便說道：

「不坐了，傅主任，我在北京的事情已經辦完了，你幫我訂明天的機票，我要回海川去了。」

傅華心說這個女人總算要離開了，便答應說：「行，我馬上就給您安排回程的機票。」

曲志霞就離開了傅華的辦公室，這時，傅華的手機響了起來，是孫守義打來的，傅華接通了。

「市長，您找我有事？」

孫守義說：「沒什麼事，我聽你沈姐說，你和鄭莉和好了？」

傅華說：「是啊，我真是很感激沈姐，這都是沈姐的功勞，不是她告訴鄭莉我這段時間的遭遇，鄭莉還不會原諒我的，現在鄭莉對我總算是芥蒂全消，我的生活又恢復正常了。」

孫守義聽了說：「你跟鄭莉和好，我們大家也去了塊心病。不過今後你可要多加注意啊，不要再傷鄭莉的心了，否則你沈姐第一個就不會放過你的。」

傅華忙說：「我哪敢啊！這次我已經吃夠苦頭了，再也不敢犯類似的錯誤了。」

孫守義笑了，說：「最好是這樣子。誒，曲副市長在你們駐京辦準備待到什麼時候啊？我聽說她把你們狠狠地罵了一頓。」

傅華說：「曲副市長明天就會回海川。她這幾天住在駐京辦，看到一些駐京辦散漫的地方，對我們很不滿意，就給我們指出一些不足的地方，要求我們整頓。」

孫守義說：「這件事，曲副市長去北京前就跟我通過氣了，我對她的看法是不太贊同

的。但是她新來海川市，可能有她自己的看法，駐京辦又是她分管的，我不好干預太多。傅華啊，你就多支持一下她的工作吧。」

傅華覺得孫守義專門打電話來，似乎是有試探的意思，是想從他這裏探出他對曲志霞是什麼態度。

現在海川的政治舞臺上多了曲志霞這個新生力量，加上金達這個市委書記跟孫守義也在發生分化，孫守義大概是想弄清楚他在這三方勢力的角逐中，是抱持什麼樣的立場，那要怎麼表態就需要斟酌一下了。

目前來看，傅華對金達成見已深，兩人漸行漸遠。而曲志霞這個女人又太精明，喜歡耍弄一些小伎倆，傅華對她沒有好感。此外，曲志霞是三方勢力中最弱的一方，不是一個最佳的選擇，基本上可以不予考慮。

因而傅華最好的選擇還就是孫守義了。孫守義在北京也有一些政治人脈，而且這些人脈的力量還不弱。選擇孫守義，他可以從孫守義那兒得到一些幫助。三人當中，傅華也最喜歡孫守義的個性，孫守義人很圓通，不像金達那麼死板。也不像曲志霞那麼愛玩小伎倆，所以傅華自然傾向於孫守義一邊。

傅華就想表明自己跟孫守義是一個立場，便說：

「市長您知道，我一向是服從您和市政府的領導的，對曲副市長的整頓工作自然十分擁護，我已經安排副主任林東親自主抓整頓工作，在林副主任的領導下，這次的整頓一定會卓有成效的。」

孫守義笑了起來，他明白傅華話中的意思，傅華是在說他願意服從他的領導，對曲志霞的整頓，傅華也不會排斥，但是也沒有太當回事。孫守義知道傅華很討厭林東，把整頓工作交給林東去管，本身就帶有特別的意味。

孫守義便說：「你能重視這次的整頓就好，我知道駐京辦的工作性質，可能曲副市長的要求有些不合理的地方，但是你們就多給她一些尊重吧。我現在忙於市長選舉，也是很多地方需要跟人妥協的。唉，我現在千頭萬緒，頭都有兩個大了。」

孫守義這種帶有傾訴意味的語氣，一下把他和傅華的關係拉近了很多。

傅華忙打氣說：「我想您通過這次選舉肯定沒問題的，我也跟一些朋友談過，他們都十分支持市長您的。」

不同於于捷、孫濤那些人，傅華的表態是真心實意的，孫守義在這個時候需要的就是堅定地支持，這給了他很大的底氣。他笑笑說：「傅華，有你們的支持，我心裏踏實多了。好啦，不跟你聊了。」

結束通話後，傅華的眉頭皺了一下，他從剛才的通話中，感受到孫守義似乎壓力很重，看來他這次的市長選舉並不輕鬆。

傅華也聽到一些風聲，說有些人在背地裏搞鬼，瘋傳孫守義搞女人、受賄的謠言，目的就是不想讓孫守義順利當選。估計孫守義正是因爲這些惡評而感到壓力，才會顯得這麼心情沉重吧。也許他該跟丁益談談，看看能不能幫孫守義點什麼。

於是安排好曲志霞訂票的事後，傅華就打電話給丁益。

「有事啊，傅哥？」丁益接了電話說。

傅華笑笑說：「也沒什麼特別的事情了，就是想跟你聊聊。誒，剛才我跟孫市長通了個電話，聽他的語氣，似乎這一次的市長選舉並不輕鬆啊。」

丁益說：「當然不輕鬆啦，現在海川關於孫市長的謠言滿天飛，他怎麼輕鬆得起來啊?!」

傅華問：「聽說不是市委採取了一些措施了嗎？」

丁益不以爲然地說：「措施是採取了，據說金達跟下面縣市的一把手都專門談了話，要他們確實的負起責任來。市級領導也分成各自負責的幾個代表團，確保這次的選舉順利進行。但是市裏越是這麼搞，謠言就越多，代表們也是一肚子的意見，說什麼話的都有，所以到時候選舉會不會出什麼問題，誰也不好說。」

傅華就有點替孫守義著急了，說：「原來是這樣啊，如果這樣下去的話，結果還真是很難預料。丁益，有沒有什麼辦法能幫一下孫市長啊？」

丁益有些嘲諷地說：「傅哥，你不用著急，人家孫市長現在有人幫忙，不需要我們的。」

傅華詫異地說：「丁益，你這麼說是什麼意思啊？」

丁益說：「傅哥，你還不知道啊，現在孫市長跟束濤和孟森走得很近，前些日子孫市長還幫孟森跟公安機關打過招呼，人家現在好著呢，有什麼事他們會幫忙的，用不著我們多管閒事。」

對孫守義和束濤、孟森交好，傅華倒不感到有什麼意外。這種事在政壇上太平常不過了。在共同利益的前提下，仇人也會變成好朋友的。丁氏父子和束濤早就是競爭對手，這幾年更是你爭我奪，廝殺不斷，早就形同水火，自然不願意看孫守義跟束濤和孟森走近。

傅華不想看到丁氏父子因此跟孫守義疏離，勸說：「丁益，孫市長這麼做恐怕也有他的想法，你不能因爲這個就對他有意見的。」

丁益笑笑說：「傅哥你放心，我們對孫市長沒意見，更不會煽動人去反對他的。」

「但是你們也不會積極的支持他，是吧？」傅華問。

丁益回說：「這個不需要我們吧，你知道嗎，前些天，孫市長被省長叫去，回來的路上就把束濤叫了去，兩人在半路上也不知道嘀咕了些什麼。」

傅華奇怪地問：「這些你是怎麼知道的啊？」

丁益說：「東濤是我們的主要對手，他的情況我當然要多注意些了。」

傅華笑說：「你在他那兒安插耳目了吧？」

丁益笑笑說：「算是吧，彼此彼此，估計東濤在天和這邊也有耳目的。商戰用間爲先，沒有間諜怎麼能行啊。」

「那你父親對此是怎麼看的？他也贊同你這種冷眼旁觀的做法嗎？」傅華想了想，問。

丁益說：「老爺子現在是不問世事了，成天就遊山玩水，早已不插手公司的事了。」

傅華點點頭說：「我說呢，要是你父親還管事，肯定不會同意你這麼做的。」

丁益不解地說：「傅哥的意思，我這麼做錯了？」

傅華說：「我不是說你這麼做錯了，而是你放過了一個大好的機會，錯失了讓天和跟孫市長建立更密切關係的機會。你這麼做有點意氣用事了。」

丁益不以爲然地說：「不會吧，人家現在可是跟東濤打得火熱，恐怕根本就沒時間搭理我們的。」

傅華提醒說：「你是不是糊塗了？他如果能跟東濤公開地走在一起，還需要和東濤約在高速公路上見面嗎？你忘了前些日子陳鵬出事的時候，那些關於他和陳鵬、東濤之間相互勾結的傳言了嗎？」

丁益聽了說：「這倒也是啊。」

「我感覺孫守義跟束濤、孟森恐怕是迫於形勢才會改善關係的。束濤和孟森在海川也是很有影響力的人物，孫守義如果不跟他們妥協，這次市長選舉的結果恐怕也會很難看。這你不但要理解他，更不能在這個關鍵時候犯糊塗。丁益啊，你怎麼一點政治敏感度都沒有啊？」傅華忍不住責備說。

丁益委屈地說：「不是傅哥，我也沒去跟他搗亂啊。」

傅華教訓他說：「不去搗亂就行啦？丁益啊，你別忘了，孫市長到海川後，幫過你們多少次忙啊？他跟你們才是自己人，而你們卻在他最需要幫忙的時候不站出來力挺他，等他選上市長後，你覺得他會怎麼去看待你們天和呢？你別看現在謠言滿天飛，那只是表象，並不代表孫守義就會落選。據我看，他是一定會當選的，這些謠言頂多讓他的票數難看一點罷了。」

丁益低聲說：「傅哥，我可沒有說不想讓孫市長當選啊。」

傅華說：「我知道你沒有，不過我覺得你們應該對他更仗義相挺才對，不要因爲跟束濤孟森的那點意氣之爭，就讓一個曾經那麼幫助你們的人寒了心。」

丁益沉吟了一下說：「傅哥，我承認我是有欠考慮。說吧，你想讓我做什麼？」

傅華面授機宜說：「我建議你去找孫守義，跟他說你們天和願意贊助這次人大會，出錢幫人大會購買贈送給代表的禮物。禮物不用太貴，但是要大方實用的，不能太小氣，要

給代表們一個好印象才行，幫他買買人心。這錢你們出得起吧？」

丁益點點頭說：「這個錢我們還出得起。」

傅華接著說：「再來，讓你們家老爺子也別光去玩，利用他在海川商界的影響，公開講兩句支持孫守義的話，不用說別的，就說他來海川為海川經濟所做的貢獻，這個你家老爺子肯定比我在行，該說什麼他應該有數的。」

丁益說：「行，傅哥，我聽你的，按照你吩咐的去辦。」

丁江在海川商界很有威望，他如果出來聲援孫守義，就算是無法徹底消除瘋傳的那些有關孫守義的謠言，起碼能減弱這些謠言的影響。如果束濤孟森再在暗地裏動員他們的人脈幫助孫守義一下，兩方的勢力結合，再加上官方的力量，傅華判斷孫守義應該可以得到大部分代表的支持的。

第五章

政界不倒翁

鄭老說：「孩子，你好好學吧，慢慢你就會知道為什麼官場上的不倒翁都是韜光隱晦，那是因為他們經受過太多的事情，知道官場的凶險，需要夾著尾巴做人。無風都能起浪，更何況你還給了他口實呢？以後多多注意吧。」

晚上，傅華下班回家，鄭莉已經做好飯等著他呢。吃完飯收拾碗筷的時候，傅華笑著問鄭莉：「昨晚你解恨了嗎？」

鄭莉臉紅了一下，滿面嬌羞的瞅了傅華一眼，說：「還沒呢。」

傅華說：「那今晚繼續吧，我這邊的肩膀還可以咬的。」

鄭莉扭了一下傅華的胳膊，笑罵說：「滾一邊去，今晚我要陪兒子睡。你那邊的肩膀就先留著吧，等我哪天牙癢了，再好好的咬你。」

傅華知道鄭莉是爲了他的身體著想，雖然他很渴望晚上能跟鄭莉在一起，但還是放鄭莉進臥室去陪兒子了。

第二天上午，傅華送曲志霞去了機場，一路上，曲志霞的神情都是淡淡的，不怎麼搭理傅華。

傅華心知她還在介意他說的話，傅華也不在意，假裝什麼都不知道，將曲志霞送上了飛機，然後往駐京辦趕。

路上，傅華就接到了丁益打來的電話，丁益開口就說：「傅哥，你說的真對，你知道嗎，我剛才去見孫市長，向他表達了天和想要贊助人大會的意思，我看得出來，孫市長十分高興，連聲對我表示感謝。孫市長對贊助禮物的意見，也跟你說的一樣，不要太貴，但要大方得體。」

傅華說：「那你家老爺子呢，他肯出來公開表態支持孫市長嗎？」

丁益說：「我家老爺子那就更沒有問題了，他也覺得孫市長這兩年來幫了天和不少忙，是我們該回報孫市長的時候了。」

傅華說：「這樣就最好不過了。」

傅華注意到海川市開始出現一些民間公開力挺孫守義的聲音，丁江幾次在海川商界的聚會上列舉孫守義來海川後，爲海川所做的一些舉措，公開表態支持孫守義。海川日報和東海日報也出現一些讚揚孫守義政績的文章，這些文章裏面，有一些是官方爲了表達對孫守義支持刊發的，也有一些是海川市的企業出錢購買的版面。

在這種氛圍下，輿論開始發生變化了，不再一面倒的去說孫守義的壞話，那些謠言雖然依舊在流傳著，但是有了這些正面消息的關係，謠言的影響力就減弱了很多。孫守義和金達感覺肩膀上的壓力減弱了許多。

週末，傅華一家三口去看鄭老。

正聊得高興，傅瑾突然哭了起來，鄭莉趕忙伸手將傅瑾抱了過去，說：「兒子，讓我看看怎麼回事。」

原來是傅瑾的尿布濕了，於是夫妻兩人一起忙活著給傅瑾換紙尿褲。

鄭老微笑著看著兩人，點點頭說：「小莉，傅華，爺爺真是很高興看到你們總算是真正和好了。」

鄭莉愣了一下，隨即笑笑說：「爺爺，您說什麼呢？您又不是不知道我跟傅華早就和好了。」

鄭老搖搖頭說：「還想騙我啊？你當爺爺真是老眼昏花嗎？你當我不知道啊，以前你們說和好了，那是裝給我們看的。」

沒想到他們的僞裝早就被鄭老看穿了，傅華不好意思地說：「爺爺，您是怎麼看出來的啊？」

鄭老笑笑說：「很簡單，雖然你們倆裝出很親熱的樣子，但是那個親熱樣實在是太假了，尤其是身體稍有碰觸時，彼此的舉動就很彆扭，傅華更是一副尷尬樣，好像做了對不起人的事。你們什麼時候見過一對正常夫妻稍微碰對方一下就會那個樣子的？所以我跟你奶奶都覺得你們是假裝和好的。」

鄭莉忍不住問：「原來你們早就知道了，那爲什麼不拆穿我們呢？」

老太太說：「是啊，小莉，我們早就知道了，本來我是想拆穿你們的，但你爺爺不讓。」

鄭老笑笑說：「我不讓是有我的想法在的，我知道如果拆穿了，小莉的個性要強，就

會覺得沒必要再跟傅華裝下去了，就會真的跟傅華分開。這可不是我們老兩口樂見的。如果裝不知道的話，小莉會爲了不讓我們傷心而繼續裝下去，那樣你們還會保持適當的接觸。我認爲你們有很深的感情基礎，只要保持接觸，遲早會和好的。現在看來，我的想法是正確的，你們終於和好了。」

沒想到鄭老會爲他想到這一層，傅華感激的看著鄭老說：「爺爺，真是太謝謝您了，你爲我們考慮的太周詳了。」

鄭老慈愛地說：「你這孩子，跟爺爺說什麼謝啊！爺爺是希望你們倆幸福。現在看到你們能這麼甜蜜，爺爺也老懷堪慰。傅華，小莉，爺爺希望你們能吸取這次的教訓，再也不要輕易的不拿夫妻感情當回事了。」

鄭莉和傅華立即衝鄭老點了點頭。鄭莉說：「爺爺，您放心，我和傅華都會珍惜對方的。」

鄭老語重心長地說：「小莉啊，你們能珍惜對方是最好的。爺爺和奶奶老了，陪不了你多少年了，以後能陪伴在你身邊的，還是傅華。夫妻之間磕磕碰碰的事是難免的，不要一出了事就輕易的要離開對方。知道嗎？」

鄭莉點點頭說：「我知道，爺爺。我不會再那麼衝動了。」

這時，鄭莉的手機響了起來，是沈佳打來的，就對鄭老說：「爺爺，是孫市長夫人的電話，我接一下。」

鄭老笑笑說：「接吧，接吧。」

鄭莉接了電話：「沈姐，找我有事啊？」

沈佳假意責備說：「小莉，你跟傅華很不夠意思啊，和好了就跑去過你們的三人世界，也不知道出來陪我吃頓飯什麼的。」

因爲沈佳促成了兩人的和好，鄭莉和傅華都十分感激，鄭莉趕忙說：「沈姐，你想我和傅華陪你吃飯，只要你說一聲，我和傅華馬上就會趕去的。」

沈佳笑說：「真的假的，不會是跟沈姐說好聽的吧？」

鄭莉說：「當然是真的了。」

沈佳笑笑說：「那好，你們帶著傅瑾出來吧，我請你們，算是爲你們和好慶祝一下。」

鄭莉說：「沈姐，還是我和傅華請你吧，不過中午不行，我和傅華在爺爺這裏，午飯要陪爺爺奶奶吃，晚上可以嗎？你說地方，我們請客。」

沈佳聽了說：「原來你們去鄭老那兒了，那中午是不能出來，應該多陪陪老人的。那就晚上吧，不過說好了，還是我請。地方嘛，就去五道營胡同的『藏紅花』吧，那裏的環境和餐點都不錯，還有很好的紅酒。」

鄭莉答應說：「行啊，就聽沈姐的。晚上見。」

放下電話後，鄭莉看了看傅華說：「沈姐邀我們晚上去『藏紅花』吃飯，雖然她沒明說，但我看她的意思好像是有什麼事要跟我們說，聽起來她好像有什麼心事一樣。」

傅華說：「這時候沈姐還能有什麼事啊，肯定是想瞭解孫市長這次選舉的情形吧。下周政協人大兩會就要先後召開了，孫市長能不能成功的被選上馬上就要揭曉，沈姐一定是因爲這個而心神不寧的。」

鄭老在一旁聽了說：「孫守義這次選市長還會有什麼問題嗎？」

傅華說：「我覺得應該沒什麼問題，但是他們夫妻是當事人，加上這段時間海川多了一些孫守義的謠言，在選舉前夕肯定是無法安心的。」

鄭老點點頭說：「那是，事情出在誰的身上誰著急嘛，他們夫妻擔心也很正常。」

傅華說：「是啊，拿到市長寶座，就意味著掌控了大量的社會資源，自然就會有人看著眼紅，跳出來跟著爭奪的。」

鄭老點點頭說：「社會上的一切博弈，都脫不了利益兩個字。官員們只要爭到了一個重要的位置，就具備了資源配給能力，這個是不能長期這樣子的。」

傅華說：「是啊，爺爺，我也認爲政府應該只是一個裁判，而非運動員的角色，但是現在的政府又當裁判又當運動員。而地方政府最主要的任務一是維穩，一是招商。招商我覺得是最不應該的，政府去干預這些經濟事務幹什麼啊？」

鄭老說：「是啊，有些經濟學家對此也提出了反對意見，認為政府應該盡可能的從經濟事務中抽身，說什麼凡是市場能調節的，政府都應退出。」

傅華認同地說：「我贊同這個意見，市場的歸市場，行政的歸行政，雙方各行其是，不是很好嗎？」

鄭老笑說：「傅華，你要這麼想，就把事情太簡單化了，我們目前的狀況還不適合這麼做。」

傅華看了一眼鄭老，問道：「您不贊同？為什麼？」

鄭老評論說：「如果把資源完全交給市場去配置，效率會很低下的，很難維持現在經濟的高速發展；為了維持社會的穩定，經濟需要高速發展。一旦出現經濟發展放緩的情況，一些社會問題就會浮現出來，就會出現動盪。所以你想的市場的歸市場，行政的歸行政，當局不是不想這麼做，而是這麼做，社會成本將會很高，所以只好兩害相權取其輕了。」

傅華想想也有道理，當一輛車高速運轉的時候，內部的故障會被速度給掩飾過去，但是一旦車子慢下來的話，問題就會全冒出來了。

他佩服地說：「爺爺，真沒想到您對目前的經濟狀況還有這麼深的瞭解啊。」

鄭老笑笑說：「爺爺是老了，但還沒糊塗啊。以現今國際的經濟形勢也讓當局不得不這麼做啊，國際經濟一蹶不振，讓我們的出口不暢，內需欲振乏力，雖然有一堆提振內需的口號，但這僅僅是口號而已，實際對經濟拉動的效果並不明顯。如果政府再不搞一些經濟帶動，加大投資力度，弄些基礎建設，那結果將是可想而知的。」

傅華點點頭說：「我明白了，爺爺。」

鄭老又說：「傅華，我怎麼聽程遠說，外面傳你要去東海省駐京辦，這是怎麼回事啊，我從來沒聽你說過啊？」

傅華呵呵笑了起來，說：「那是一個笑話而已。」

傅華便把徐棟梁因爲文欣家去海川駐京辦視察而諷刺他，他爲了刺激徐棟梁才開玩笑說要去省駐京辦，結果反而被徐棟梁拿來做文章的事情說了。

鄭老聽完，並沒有像傅華預期的那樣笑出來，而是神情嚴肅的說：

「傅華，以後不要再開這種玩笑了。是啊，徐棟梁是有點小氣，但是你非要睚眥必報嗎？你逞了一時的口舌之利，好像很痛快，但是你得到了什麼嗎？你沒有得到什麼，反而帶來了後續不必要的麻煩。」

鄭莉也附和說：「是啊，傅華，我覺得爺爺說的有道理，那種小人你去惹他幹嘛啊！」

傅華笑笑說：「我當時沒想這麼多嘛。」

鄭老訓示說：「傅華，你不走官場這條路無所謂，但是你既然走了這條路，你做什麼事、說什麼話就需要多想一想。官場上很多風波，起源都是一些不起眼的小事，卻常演變成很大的事件。現在東海官場上形勢很微妙，三方勢力都在虎視眈眈的看著對手，在這種狀況下，很難說沒有人會利用你的這句玩笑話來大做文章的。」

這種可能性不是不存在，要不然徐棟梁也不會故意散播他要透過鄧子峰去省駐京辦的謠言，這裏面絕對有徐棟梁的一些政治盤算。

傅華不好意思的搔了一下頭，說：「爺爺，看來我有些自作聰明了。」

鄭老笑笑說：「孩子，你好好學吧，慢慢你就會知道爲什麼一些官場上的不倒翁都是韜光隱晦，那是因爲他們經受過太多的事情，知道官場的凶險，需要夾著尾巴做人。無風都能起浪，更何況你還給了他口實呢？以後多多注意吧。」

傅華受教地說：「我知道了，爺爺。」

晚上，傅華和鄭莉帶著傅瑾來到五道營胡同。

「藏紅花」的門面很顯眼，遠遠就能看到餐廳的圓形木門和長方形門匾，走進去如同走入另一個世界。

沈佳已經到了，幾個人去雅間坐下。

沈佳說：「一會兒你們倆嘗嘗，這裏的海鮮飯是一絕，口感極好，味道獨特。」

沈佳點好菜，叫了一瓶白酒，開始邊吃邊聊。

果然就像事先傅華預想的那樣，沈佳的興趣都在孫守義這次的市長選舉上，沒說幾句話，沈佳就把話題扯到了這上面去。

沈佳看著傅華說：「傅華，你對海川的形勢最瞭解，你覺得這次守義能順利過關嗎？」

傅華心說，人都說事不關己，關己則亂，平常對什麼事情都很淡定的沈佳，現在居然也有一點壓不住心頭的慌亂了。這種失態甚至在她知道林姍姍跟孫守義不倫事件時，都沒有這樣子過。

傅華勸慰說：「沈姐，你別緊張，守義市長這次一定能順利過關的。」

沈佳沒有信心地說：「傅華，你拿什麼跟我保證啊？」

傅華笑笑說：「我跟海川的朋友瞭解過，大家都很支持守義市長，所以你放心，他一定能高票當選的。」

沈佳卻擔心地說：「傅華，你就是樂觀，偷著跟你說，守義自己對這次的選舉都沒有十足的把握，今早他還打電話跟我說，雖然有不少人出來公開的支持他，但是也不能保證這次的選舉一點風波都沒有。」

傅華說：「有風波不一定代表選舉就不會過，守義市長這麼說那是謹慎。相信我吧，沈姐，過了下禮拜，你就是正式的市長夫人了。」

沈佳笑說：「什麼市長夫人啊，你就愛開玩笑。誒，守義電話裏還讓我謝謝你呢。」

「謝我幹嘛啊？」傅華詫異地問。

沈佳說：「守義說，原本天和房產對他的支持態度並不是很積極。但是那天他跟你通過電話後，天和房產就找了他，又是要贊助大會代表們的禮物，又是公開表態支持他的。守義說，他猜想這都是你在背後起的作用，所以讓我謝謝你。」

傅華趕忙說：「沈姐不要這麼客氣，我沒那麼大的本事。我只是跟天和聊過這次選舉的狀況，支不支持守義市長是他們自己的決定。回頭你跟市長說，這個功勞可不能算在我頭上的。」

傅華不想讓這份功勞落到他的頭上，他更情願讓孫守義去感激天和，那樣孫守義當選後，會給天和房產更大的照顧。

沈佳笑笑說：「行，我明白你的意思了，不管怎麼說，守義和我都很感激你做的這些。」

傅華搖搖頭說：「沈姐，你這話真是太見外了。說起感激，我和小莉更應該感激你才對。」

沈佳聽了說：「這個感激我接受了，說實話，我看到你們倆重新恢復到以前那種甜蜜

的狀態，我心裏特別有成就感，讓我感覺到很久都沒有過的愜意。」

傅華笑說：「那我和小莉就更應該敬你一杯了。」

鄭莉就端起酒杯，說：「是啊，沈姐，這杯我和傅華敬你。一是謝謝你，二是預祝守義市長順利當選。」

海川市區。

滿街都是懸掛的向代表們委員們致敬的橫幅和標語，代表著人大和政協兩會終於正式拉開了序幕。

到這個時候，孫守義感覺一切都成定局，什麼都不可逆轉了，他只有硬著頭皮往前走，能不能順利通過選舉，就看命運給他什麼樣的裁判了。

大會第一項是孫守義作政府工作報告，這時他的心反而安定了下來，他掃視了一下臺下的代表，說：

「各位代表，現在，我代表市人民政府向大會報告工作，請予審議，並請市政協委員和其他列席會議的同志提出意見。一、過去一年的政府工作回顧……」

一上午，孫守義站在講臺前，總結著海川市過去一年的工作，然後提出新的一年的工作目標，最後，他已經站到兩腳麻木了。但是他不能露出絲毫的倦容，他需要展現給代表和委員們的是一個精力充沛、神情愉快的形象，才能取得代表們的信賴。

政府工作報告做完後，各代表團就開始分組審議。孫守義雖然不用像宣讀工作報告那樣站一上午那麼累了，但是精神卻是更加高度緊張。

在代表團的審議當中，他很留意代表們有沒有什麼異常舉動，生怕有什麼風吹草動，從而影響了後面他的市長選舉。

還好一切都還正常，從市領導和各代表團團長的情況來看，代表們的情緒都還穩定，會議開得也算平穩。

只是有某些代表團的負責人很會找時機的拿著一些請批報告來找孫守義，孫守義明白這些傢伙是想趁機敲竹槓，但是他的命運捏在這些人手中，他不能得罪這些人，這些人也都是人精，請批的事項都沒有太過分的，於是孫守義來者不拒，爽快的在請批報告上簽上了自己的大名。

幾天後，政協會議因爲開得比人大要早，也就比人大早結束。而人大這一邊則是進入了對孫守義最關鍵的市長選舉階段。

代表們開始塡寫選票，會場上除了刷刷的寫字聲和翻動紙張的聲音，再沒有其他的聲音，會場顯得十分的肅穆。

此刻，孫守義胸前戴著紅花坐在主席臺上，盡力的平靜自己緊張的心情，期待著代表

們在選票上塡的都是他的名字。

投票正式開始，金達第一個在投票箱裏投下了他的選票，然後是孫守義，接著是市委副書記于捷……代表們一一按照排名，在投票箱裏投下了他們神聖的一票。

計票結果很快就出來了，金達看到結果暗自鬆了口氣，衝著孫守義微微點了點頭。孫守義心一下子落到實處，知道自己順利當選了。

於是金達宣布結果，孫守義雖然沒有拿到滿票，卻得到了大半代表的支持，結果不算難看，孫守義可以跟各方面交代了。

主席臺上的領導們都對孫守義表示了祝賀，孫守義隨即發表了當選感言。

爲了當選，他這段時間精神高度緊繃，現在真正選上了，他不但沒有那種意氣風發的感覺，反而有一種從裏到外透出來的疲憊。

在這一刻，孫守義不知道怎麼的想起了束濤跟他講的那個無言道長在選舉前爲他預測的結果，現在的情形果然跟無言道長所說的有驚無險一致，難道說，冥冥中真的有命運之手在主宰著人們的命運嗎？

孫守義發表完當選感言後，金達接著講話，這次的人代會就圓滿結束了。

孫守義下了主席台後，瞅空給沈佳打了個電話，這些日子沈佳跟他一樣的煎熬，現在他總算當選了，也應該通報沈佳一下，讓沈佳懸著的心放下來。

「小佳，我當選了，一切都很順利。」

「當選了?!」沈佳哽咽了一下說：「守義，祝賀你。」

孫守義歉疚地說：「小佳，對不起啊，這段時間讓你跟著我受苦了。」

沈佳笑說：「傻瓜，自家夫妻說什麼對不起啊。誒，你找個時間跟鄧省長通報一下這個喜訊吧，老爺子那邊就由我跟他報喜吧。」

沈佳不愧是出身高幹家庭，選舉結果一出來，她並沒有因爲喜悅就舉止失措，而是馬上想到後續的動作安排。

孫守義笑笑說：「好的，我跟鄧省長彙報一下。」

孫守義就打電話給鄧子峰，報告了選舉結果。鄧子峰高興說：「祝賀你啊，守義同志。現在感覺怎麼樣啊?」

孫守義苦笑一下說：「實話說，省長，我現在感覺渾身一點勁都沒有了。」

鄧子峰理解地說：「是啊，我當初選上省長的時候也這樣，繃著的勁一下子鬆下來，是會有這種感覺的。好了，好好休息一下，養好精神，當選只是開始，明天還有一大堆的事要等著你去做呢。」

孫守義說：「我知道省長，我會盡力做好這個市長的，一定不讓您失望。」

晚宴上出現的孫守義已經變得神采奕奕了，跟金達一起給代表們挨桌敬酒，兩人都是一副喜氣洋洋的樣子。

晚宴結束後，孫守義醉醺醺的回到住處，倒在床上就睡著了。

半夜，孫守義被尿憋醒了，起床去洗手間。坐在馬桶上，他感到胃部難受之極，渾身直冒虛汗，噁心欲吐，卻是乾嘔了幾聲，沒有真的吐出來。

方便完，孫守義去洗手台洗了把臉，就看到洗手台鏡子裏的自己，臉色像紙一樣蒼白，不由得搖搖頭，心說：爲了得到這個市長，把自己折騰成這個樣子值得嗎？

但是，他爲此付出了巨大的代價，爲了這一天，他娶了一個他不喜歡的醜女人作妻子，今天，他真正得到了想要的東西，心中並沒有什麼欣喜的感覺，反而十分失落，心裏是一種輕飄飄的，落不到實處的難受。

就在孫守義呆坐在馬桶上想著這些的時候，放在外面的手機滴滴響了幾聲，好像是有人給他發了簡訊。他強忍著噁心從洗手間出來，拿起手機查看。

是一個很陌生的號碼，孫守義有些納悶，他這支手機的號碼不是熟人是不會知道的，怎麼會有陌生的號碼發來簡訊呢？

不過，現在的垃圾簡訊滿天飛，孫守義沒太在意，信手打開了簡訊，一看內容，額頭的冷汗下來了，酒也醒了大半，短訊的內容是：「你先別得意，我知道你跟那女人都幹了什麼。」

這個短訊沒頭沒尾，卻高度符合孫守義目前的狀況，他剛當選市長，正是得意的時候，接下來的這句，更令孫守義心驚，顯然這個人知道他跟劉麗華發生了什麼。

孫守義有些慌亂，他才剛當選，如果這時候有人將他和劉麗華往來的證據公佈出來，那將是一場很大的醜聞，等於是說海川市人大選出來新鮮出爐的市長，是個亂搞男女關係的人，這會令組織蒙羞，他這個市長也別想當了。

發這個簡訊的人是誰呢？自己最近得罪過什麼人了嗎？這個人究竟想要幹什麼？孫守義想來想去還是沒有頭緒。這段時間他廣結善緣，應該沒得罪過什麼人啊。那是什麼人在跟自己搗鬼呢？

從常務副市長任上到現在，他處理過那麼多的公務，牽涉到的利益不只一方，他無法一一記清楚，甚至不可能弄清楚到底得罪過什麼人。

孫守義一點睏意也沒有了，滿腦子想的都是哪些人曾經跟他發生過衝突。他幾乎把來海川後發生的事都在腦海裏過了一遍，卻還是沒有想到究竟是誰給他發這條短訊。

在海川跟他發生過激烈衝突的就是束濤和孟森，為了這次的市長選舉，他跟束濤孟森改善了關係，這倆人跟他已經沒有嫌隙了啊。

孫守義就要去撥公安局長姜非的電話。要弄清楚這個號碼背後是什麼人，通過公安部門去查是最簡單最直接的。

不過撥了幾個號碼之後，孫守義又猶豫了，他不知道發簡訊的這個人掌握了多少他跟劉麗華來往的證據，如果讓姜非去查，萬一查到了他跟劉麗華往來的證據，那他跟劉麗華的緋聞豈不是也暴露了？

不行，不能將姜非扯進這件事情當中，姜非算是個很有正義感的人，這種人很難幫他掩飾跟劉麗華的不倫。就算姜非願意幫忙，孫守義也不敢讓姜非知道這件事，讓一個下屬知道這種事，等於是給這個下屬一個把柄，那他將來還能領導這個下屬嗎？孫守義自然不肯做這種授人以柄的事。

如果不讓姜非去查這件事，那是不是讓束濤和孟森透過其他途徑去查一下呢？

這個念頭剛在腦子裏起來，孫守義馬上就打消了，束濤和孟森是比姜非更可怕的人，如果他們知道這件事，肯定會以此相要脅，從此他就必須對這兩個傢伙唯命是從了，那種結果更為淒慘。

可是他又不能跟沈佳或者趙老商量，他該怎麼辦呢？

發這封簡訊的人真是太狡猾了，讓他連個商量的人都找不到，孫守義心裏恨意頓生，卻是一點對策都沒有。

他就這樣坐困愁城直到天亮。天亮後，孫守義起來去洗了把臉，再發愁，還是得去上班，去履行市長的職責。

自來水的清涼讓孫守義的頭腦清醒了一些，他忽然意識到他耗費大半夜想要去找發簡訊的人，思考的方向就是錯誤的，他這樣毫無頭緒去想，根本就不會有結果。發這封簡訊的人肯定有他的目的，是一種威脅，想事先給他一個下馬威，然後才好跟他提出要求；要提出要求，他就必須再次發簡訊來，所以發這封簡訊的人肯定還會再跟他聯繫的。

既然這個傢伙還會再跟他聯絡，那就等他再來聯絡的時候，再弄清他真實的目的和身分吧。

兵來將擋，水來土掩，孫守義相信就算是再大的麻煩，總有解決的辦法，頂多他全部答應對方的要求就是了。何況他現在已經是海川市市長了，絕對有足夠的能力去應付這個人。

想到這裏，孫守義就不再像剛接到簡訊時那麼緊張和恐懼了。他洗漱了一番，打起精神坐車去市政府上班。

到了市政府大樓，孫守義下車往大樓裏走，經過的職員都跟他打招呼問好。

孫守義心中有心事，臉上雖然笑著回應這些人，但是眼睛卻在觀察這些人有沒有什麼異常的地方，想從中找出那個發簡訊的人。

那個人對他和劉麗華的情況那麼熟悉，還知道他的電話號碼，應該是市府機關裏面的工作人員，也許就在這些笑著跟他打招呼的人當中。

平常沒留意的時候，孫守義不覺得身邊的工作人員有什麼不對勁的地方，此刻留意起來，才發現很多人看他的眼神有些異常，裏面包含著畏縮和逃避。雖然這很可能是因為他的市長權威而心生敬畏，但是也很難說他們不是因為做了什麼虧心事，心裏有鬼的表現。

不過隨著看到的人越多，孫守義開始覺得自己似乎有些太神經質了，就像《呂氏春秋》中的「疑鄰盜斧」那個寓言故事一樣。

有個人丟了一把斧頭，懷疑是鄰居家的兒子偷去了，他觀察那人走路的樣子和臉上神色，一舉一動無一不像偷斧子的人。然而，當他在山谷裏掘出那把斧頭時，再去看鄰居家的兒子，就覺得他的言行舉止都不像偷斧頭的了。

正因為他帶著懷疑的有色眼鏡去看這些市政府的工作人員，自然就疑神疑鬼起來。看來還是只有等那個人自己找上門來一條路了。

於是孫守義不再胡思亂想，進了辦公室，就開始專心處理市長的公務。

臨近中午的時候，孫守義接到傅華的電話，傅華先向他恭喜，祝他順利當選；還說希望他的祝賀來得不是太晚。

孫守義笑說：「傅華，你的祝賀什麼時候來都不晚，我知道你不是那種愛湊熱鬧的人，所以也沒指望你昨天就會打電話來道賀。」

傅華笑笑說：「還是市長瞭解我。」

孫守義忽然有一種衝動想跟傅華說他接到那封簡訊的事，他身邊的人中，只有傅華是最能令他信任的，也許告訴他，傅華會幫他想個好主意出來。

「傅華啊……」

孫守義張嘴準備要說時，卻一下不知道該怎麼開口了，他該怎麼解釋這封簡訊的內容呢？難道告訴傅華他跟劉麗華的偷情關係嗎？於是孫守義話到嘴邊時又打了退堂鼓，縮了回來，把話題扯到另外一件事上去。

兩人閒扯幾句之後，就結束了通話。

就在這時，他的手機再次響了起來，他看了下號碼，眉頭皺了起來，原來是劉麗華打來的。這是他此時最不想聯絡的人，現在暗地裏正有一雙眼睛在盯著他們，他不知道他們的通話內容會不會被人監聽。

可是他又不能不接這個電話，否則劉麗華可能會生氣。女人要是生氣起來，很難說會做出什麼事來。這對孫守義來說，是另一個不安全的因素。

孫守義只好接了電話，劉麗華有點不高興的說：「我的大市長，你怎麼這麼久才接我

的電話啊？」

孫守義心裏很不高興劉麗華用這種口氣跟他說話，好像他們有了親密關係，她就可以對他頤指氣使，什麼事他都應該把她擺在第一位似的。

孫守義耐住性子說：「手機剛好不在手邊，所以接得慢了。什麼事啊，小劉？」

劉麗華繼續用有些嘲諷的口吻說：「什麼事？我的大市長，我想問你一下，你準備什麼時間接見小女子，好讓我當面祝賀你順利當選市長了啊？」

孫守義受不了劉麗華這種酸溜溜的口氣，便不高興的說：「小劉，你能不能不這麼說話啊？夾槍帶棒的，算是怎麼一回事啊？」

劉麗華怔了一下，她沒想到孫守義會訓斥她，不由得也有點火了，說：「你什麼意思啊，怎麼一回事你不知道啊？怎麼，當了市長了就忘了前面的事了？還是你厭倦我了？我跟你說，你厭倦我了早說，我不會死纏著你不放的。」

孫守義知道劉麗華誤會他的意思了，趕忙解釋說：「小劉，你先別急著發火，我不是那個意思。哎，你不知道我現在心裏煩得很，你就別給再我添亂了行嗎？」

劉麗華卻更誤會了孫守義的意思，說：「你嫌我煩了是吧？行啊，我再不打攪你就是了。」

孫守義心煩地說：「嗨，你怎麼就不明白我的意思啊，我心裏很煩，昨晚有人給我發簡訊，說知道你跟我做了什麼。」

劉麗華一聽，吃驚地說：「什麼？有人知道你和我的事了？不可能的，我們往來的事，我連我家人都沒說，別人怎麼會知道？」

孫守義嘆說：「可是就有人說他知道了，所以我才會這麼煩啊。」

劉麗華氣憤地說：「究竟是誰啊？你告訴我，我去質問他，他憑什麼這麼說。」

孫守義煩惱地說：「我要是知道是誰，我直接就會去找他的，也不用這麼煩了。你再好好想想，有沒有在什麼場合對什麼人說過或者暗示過你跟我有來往？」

劉麗華想了想說：「沒有啊，我知道這對你的形象不好，這事我一直藏在心裏，誰都沒說。會不會是有人跟你惡作劇，或者發錯簡訊啦？」

孫守義否認了：「不會的，他在簡訊裏說：你先別得意，我知道你跟那女人都幹了什麼。我昨天才當選市長，正是應該得意的時候，這封簡訊不是給我的又是給誰的啊？」

劉麗華又問：「那你怎麼能確定他知道了你跟我的事啊？」

孫守義回說：「我來海川，除了你，沒再跟任何女人私下往來過，我想不出這封簡訊還能指什麼。」

劉麗華不說話了，也開始相信這封簡訊真是指她跟孫守義的了，開始在腦子裏思索著究竟會是誰這麼做。

過了一會兒，劉麗華說：「守義啊，我想了半天還是想不出來究竟是什麼人會這麼做。這樣好了，你把發簡訊的那個電話號碼給我，我有朋友在電信公司，我讓他幫我查一下這個號碼究竟是誰在用。」

孫守義沒想到劉麗華還有這份聰明，劉麗華找朋友幫忙的話，就不會引起人們的注意了，就說：「太好了，我正發愁怎麼把這個人給揪出來呢，你能找朋友出面，可解決大問題了。」

孫守義便趕忙將手機號碼告訴了劉麗華，然後說：「查出來是誰時趕緊告訴我，我好想辦法處理這件事。」

劉麗華說：「行，你等著，我馬上就去查。」

過了十幾分鐘後，劉麗華打來電話，孫守義趕忙問道：「查到沒有，究竟是誰啊？」

劉麗華沮喪地說：「沒查到，對方沒有做實名登記。守義，他究竟想幹什麼啊？會不會對你不利啊？」

孫守義還以為劉麗華能幫他找到這個人呢，很失望地說：「他想幹什麼我現在還不知道，不過肯定是想對我不利，要不然他發這個簡訊幹什麼?!」

劉麗華獻計說：「你現在是市長了，就不能通過公安部門查一下他的底細啊？」

孫守義苦笑一下，說：「怎麼查？難道你想讓我們的事情曝光嗎？好了，你不要為這事擔心了，交給我來處理吧。」

劉麗華擔心的說：「守義，你能怎麼處理啊？」

孫守義無奈地說：「隨機應變吧，不管他想做什麼，他總是要先跟我聯絡的；到時候看看如果能滿足他的要求，我就儘量滿足他吧。」

劉麗華聽了，失落的說：「那你這幾天是不是就不能到我這裏來了？」

孫守義說：「出了這種事，我哪還敢去啊？」

劉麗華嘆說：「我還以爲你當上市長之後，我們就可以好好聚一聚了，這……」

孫守義苦笑說：「我也想啊，可是事情不解決，我總覺得背後有一雙眼睛在盯著我，就算我去了你那兒，恐怕也沒心情啊。」

劉麗華只好說：「唉，也是啊。守義，我這邊你放心，我跟你保證，任何人找到我，我都不會跟他承認我們之間的關係的。」

雖然惹上了這個麻煩，但是孫守義感覺到這個女人對他倒是真心實意的，心裏也有些感動，說：「小劉啊，謝謝你這麼爲我著想。」

劉麗華體諒地說：「你跟我還客氣什麼啊？爲了你我什麼都肯做的。行了，我掛了，你自己多加小心吧。」就掛了電話。

孫守義現在沒有別的招數，只能耐心等著那個人再跟他聯絡，但是這個人好像是故意跟他找彆扭一樣，一連幾天都沒有奇怪的電話或簡訊進來，似乎對方把他遺忘了一樣。

這種不確定的狀態是最令人擔憂的，搞得孫守義像熱鍋上的螞蟻一樣坐立不安，孫守義手裏拿著公文看了半天卻不知道在說什麼。

幾次在開會的時候，金達問他意見，他也呆怔半天講不出來，急得他一頭汗，金達直問他是不是病了。

在恓惶不安中，終於來到孫守義成爲市長後的第一個星期六，他藉口說身體不舒服，推掉了原來安排好的活動，想要躲在住處休息一下。

然而他的心總是惴惴不安的，在住處待著更加煩躁。這時，孫守義想起了束濤跟他說的那個無言道長。

第六章

下下籤

無言道長找出了三十二籤的籤詩遞給孫守義，上面寫著：

「第三十二籤，楊令公七子救駕六子成，昭君娘娘送往和番。下下。」

籤詩是「山河萬里路崎嶇，歷盡生涯走四夷。鑿石淘沙空費力，良金美玉取更無。」

人在徬徨不安的時候，總會相信一些怪力亂神的東西，孫守義本來是不信這些的，但是他現在六神無主，就想也許這個無言道長能夠給他指點迷津。於是他打電話給束濤，讓束濤來接他，說他想去無煙觀看看，束濤便載著他去了「無煙觀」。

路上，孫守義特別叮囑束濤不要曝露他的身分，又喬裝了一番，戴上一副黑框眼鏡，讓他跟平時看到的形象有不少的改變。

進了「無煙觀」的山門，孫守義看道觀規模不大，來參拜的信眾倒不少，看來這個無言道長還算有點道行。

無言道長看到束濤，立即迎了出來，說：「束董，您怎麼來了？」

束濤笑笑說：「我朋友說想來海平這邊散散心，經過你這裏，覺得這裏風景還不錯，就下來看看了。」

孫守義衝著無言道長點了點頭，說：「打攪道長了。」

無言道長果然沒有認出孫守義來，心想這人是束濤的朋友，束濤對這個人很尊重的樣子，猜想此人的身分肯定不會太低，起碼應該比束濤更尊貴才對。

無言道長本來就善於揣摩人意，見狀趕忙說：「施主客氣了，要不到貧道那裏坐一下，我那裏還有一些朋友送的明前碧螺春，倒是可以拿出來待客的。」

孫守義看了無言道長一眼，他對眼前這個有點偏胖的男人印象並不好，這個男人有些粗鄙猥瑣，更像是個種田的，而非道人。現在這個傢伙一來就用名貴的茶招待他，孫守義懷疑是不是被看穿了身分，讓他心裏有了警惕，就不想去招惹這個看上去形跡可疑的無言道長。

孫守義笑笑說：「還是不麻煩道長了，你忙去吧，我跟束董隨便走走看看就行了。」

束濤聽孫守義這麼說，就知道孫守義對無言道長不感興趣，便對無言道長說：「道長，你不用管我們了。」

無言道長看孫守義對他不太信任，也不介意，就笑著說：「這位施主既然想看看道觀，我反正也無事，就陪施主和束董走走好了。」

孫守義不好趕無言道長走，只好讓他跟在一邊。

孫守義進了道觀的正殿，看到正殿供奉了三個道人模樣的塑像，他不知道這是誰，覺得也不像是道教的三清天尊，就回頭看了束濤一眼，說：「這裏供奉的是？」

無言道長見孫守義問，沒等束濤回答，插嘴說：「施主，這是三茅真君，是我道教符籙派的祖師。」

孫守義點點頭，沒再說什麼。這時，他看到有信眾在塑像前拿著籤筒搖籤，就問：「這籤靈驗嗎？」

無言道長笑說：「當然靈驗了，我們觀裏的真君靈籤遠近聞名，百試百靈的。施主不妨搖上一籤試試，等你拿到籤詩就知道靈不靈驗了。」

孫守義有心想占卜一下簡訊的事究竟要怎麼處理才好，便說：「行，那我就試試吧。」於是他在神像前拿著籤筒默念了一下，然後用力搖了幾下，一支竹籤從籤筒中跳了出來，掉在地上。

孫守義撿起竹籤看了看，竹籤上面標著三十二的字樣，是指這是第三十二籤。

孫守義將竹籤遞給無言道長，說：「三十二籤，道長可知籤詩是什麼？」

無言道長的臉色變了一下，說：「這個，施主你是不是再另求一籤？」

孫守義心裏咯登了一下，無言道長這麼說，顯然這是個壞籤，這似乎印證了他目前遭遇到的困境，他想如果將籤換掉，就是有意而爲之，就算換到了好籤，也沒什麼用，還不如不換，看看事情究竟能壞到什麼程度。

孫守義就故作輕鬆地笑笑說：「道長，你這就不專業了吧？這時候再換，那算是天意還是人意啊？」

無言道長尷尬地說：「施主責備的是，這籤確實是不該換的。你求的這支籤乃是下下籤，原本我想施主只是隨興玩一下的，不想給施主心裏添堵，所以才建議換一下的。」

孫守義臉色難看了起來，覺得心在往下沉，看來這事還真是凶多吉少。不過他也更想知道籤詩的內容了，就強自鎭定的說：「道長還是給我看看籤詩的內容吧，也好讓我知道知道你這裏的籤究竟靈不靈啊？」

無言道長就找出了三十二籤的籤詩遞給孫守義，上面寫著：「第三十二籤，楊令公七子救駕六子戍，昭君娘娘送往和番。下下。」籤詩是「山河萬里路崎嶇，歷盡生涯走四夷。鑿石淘沙空費力，良金美玉取更無。」

不用無言道長解釋，孫守義也明白這四句籤詩大致上的意思，萬里山河路途崎嶇不平，一生東奔西跑，經歷坎坷，居無定所；鑿石是爲了美玉，淘沙是爲了黃金，雖然努力付出卻毫無所得，意思是說他費了半天勁卻會落得一場空。

孫守義的臉色變得更加鐵青，雖然他已經猜到了結果不好，卻沒想到會差到這種程度。束濤看到孫守義這個樣子，就有點著急了，衝著無言道長說：「你別光看著啊，解釋一下這籤是什麼意思啊？還有，如果不好的話，有沒有辦法化解啊？」

無言道長看了看孫守義說：「施主可願意聽我解籤？」

孫守義此刻得到了這個下下籤，自然想知道要如何解決這個困境，也就不再排斥無言道長，點點頭說：「道長請說吧。」

無言道長說：「從這籤上看，施主目前是遭遇到難關了。」

束濤一聽，孫守義剛當選市長，正是春風得意的時候，無言道長卻說孫守義遭遇難關，顯然不對，就斥責說：「道長，你別信口開河啊，你可知道眼前的這位是……」

「束董，」孫守義喝阻了束濤，他不想洩露了自己的身分，便說：「你別插嘴，聽道長說下去。」

無言道長再看了一眼孫守義，想認出孫守義究竟是何方神聖，不過他還是沒認出孫守義就是海川市的新任市長來，卻越發感知到這個人來歷不凡，知道該把籤詩儘量往好處解才對，便說：「施主不要因爲這支籤是下下籤就驚慌失措，從籤意上看，施主現在是處於一種吉凶難定的狀態，因此才會覺得彷徨無計。」

這個看上去不起眼的傢伙居然一語中的，點出了他的困境所在，孫守義便問道：「既然這樣，道長覺得我應該怎麼辦呢？」

無言道長笑笑說：「我送施主八個字，動必有礙，耐心可免。」

「動必有礙，耐心可免，」孫守義重複了一遍無言道長的話，然後抬頭看了看無言道長，說：「道長的意思是讓我什麼都不要做？」

無言道長點點頭說：「籤意是說在事情還不明朗的時候，最好還是安分待時。施主拿到的下下籤表明事情已經是一個最壞的狀態，我想施主應該知道物極必反的道理吧？凡事達到一個極點，就要往另一方反轉了，所以我相信該是施主逢凶化吉的時候了。」

說到這裏，無言道長對自己簡直佩服得五體投地，能將這樣一個下下籤圓成勉強能說得過去的逢凶化吉。看到孫守義眉頭慢慢舒展開來，無言道長知道孫守義對他的解釋很滿

意，心中越發有成就感了。

孫守義聽到會逢凶化吉，心裏頓時有一種安定下來的感覺。就淡淡的笑了一下，說：「麻煩道長了，請問解籤需要付多少錢給你啊？」

無言道長笑笑說：「施主隨意，貧道乃方外之人，對錢財這些身外之物並不在意。」

孫守義心說這個傢伙要起錢來還是真高明，雖然自稱爲方外之人，卻沒有說不要，而是說隨意，是讓自己看著給的意思。人都是好面子的，自己看著給，就肯定不會出手太過寒酸，這反而是一種索要高價的高明手段。

不過孫守義是第一次來，對該給無言道長多少錢心中沒什麼底，便不由得轉頭去看了束濤一眼。

束濤看孫守義眉頭舒展開來，心裏總算鬆了口氣，雖然他不知道孫守義是遇到什麼問題，但是看來無言道長說的難關的確是存在的。現在孫守義儼然把他視爲盟友，很多事都找他幫忙，束濤便拿出自己的皮夾說：「我來付吧。」

孫守義趕忙阻止說：「別，束董，這錢還是我自己付吧。」說著也掏出皮夾，將皮夾中的大鈔全部拿了出來，遞給無言道長，說：「道長，我身上就這麼多了，應該可以了吧？」

無言道長是個貪財的人，伸出手就想把錢接下來。不想束濤搶在他前面，從孫守義手上的錢中抽出了一張，對孫守義說：「你初來乍到，不知道行情，用不了那麼多的，一張就夠了。」

束濤是無言道長的大財神，對他一向照顧有加，便把手收了回來，從束濤手裏接過錢來，然後對孫守義笑笑說：「施主，束董說的對，不需要那麼多，表個意思就行了。其餘的就請收回去吧。」

孫守義急於離開「無煙觀」，便也不再堅持，將錢收了起來，說：「那謝謝道長了。束董，我們麻煩道長的時間已經夠長了，也該離開了。」

束濤笑笑說：「行啊，那就走吧。」

兩人跟無言道長道了別，無言道長親自送他們出了山門，在後面看著他們上了車離開，這才轉身回去。

在車上，孫守義忍不住問束濤說：「束董，剛才我給錢的時候，我看那個無言道長很想接過去，你爲什麼不讓他拿呢？我並不在乎這麼一點錢的。」

束濤說：「我知道市長不在乎這點錢，我是有其他的考慮。我擔心這裏有人認出您來，那樣您給他那麼多錢就不合適了。」

孫守義點點頭說：「束董，還是你老到，考慮詳細，我還沒想到這一層去。不過，那個道長錢沒拿到，心裏該不高興吧？」

束濤笑笑說：「那倒不至於，這傢伙算是有點神通，不是糊弄人的，不少老闆有什麼事都愛找他預測一下，結果都很準，因此給他的報酬也很豐厚。您那點錢他不會看在眼中的。不過您看得很準，這傢伙很貪財，錢不論多少他都想要。」

雖然束濤沒有明說，但是孫守義聽出了束濤的話外之音，他是在變相的說無言道長的預測很準。

雖然孫守義對這個無言道長仍有些心存疑慮，但是他知道有句話叫人不可貌相，無言道長沒有仙風道骨，並不意味他沒有預測準確的神通，就笑了笑，沒說什麼。

束濤也很識相，沒問他究竟遇到了什麼難關。這是束濤聰明的地方，他知道這些做官的人忌諱很多，其中最大的一個，就是他們通常都不願意讓別人探知他們內心在想什麼。

雖然孫守義在他面前表現的很清廉，但是束濤相信孫守義肯定有一些見不得人的秘密。好比那個叫做劉麗華的女人，就跟孫守義有一腿。

這是束濤從他市政府一個要好的朋友那裏知道的，那個朋友很確定孫守義跟劉麗華一定有問題。因此束濤懷疑孫守義的難關可能就與劉麗華有關。

束濤倒是很願意幫孫守義解決這方面的麻煩，但是孫守義不開口，他也就無法說出要幫忙的話了，束濤也只能在心中暗自希望孫守義能夠逢凶化吉，度過這次難關了。

束濤之所以這麼希望，是因爲他想透過孫守義來操作一個項目。

海川有一家歷史很久的氮肥廠，這家工廠最早規劃建設的時候，那時的人們還沒有什麼環保意識，這家氮肥廠就建在城區，隨著人們環保意識的高漲，市民們對這家氮肥廠就很有意見，認爲這家工廠污染了生活環境，不適合放在市區。人大代表和政協委員們也幾次提案要將這家氮肥廠搬遷出市區。

現在有風聲傳出來，市政府終於決定要將這家氮肥廠從市區搬遷出去。這就有一個新的問題產生了，那就是市政府要拿這塊騰出來的土地幹什麼？

市裏當然不會把這塊位於市區的土地放在那裏閒置，而且要搬遷氮肥廠，也需要投入很大一筆資金。因此市政府如果要搬遷氮肥廠，必然要將原來的地塊放出來做商業開發。束濤很希望能夠拿到這個地塊好作地產開發。

氮肥廠原來的廠區的範圍很大，而且因爲是整體搬遷，也沒有拆遷的問題，如果束濤能拿到，將會獲利豐厚。但是束濤想要達成這個心願，沒有孫守義的支持顯然是不可能的。

看到孫守義的心情變得不錯起來，束濤幾次想要張口問這件事，最終還是忍住了。現在這個時機似乎並不好，一來孫守義剛當選市長，他馬上就提要求，顯得太急於索取回報了些；另一方面，無言道長雖然說孫守義會逢凶化吉，但是畢竟孫守義的難關還未過，孫

守義很難有心思幫他的忙。

孫守義似乎也沒什麼話要跟束濤要講的，一路上都在閉目養神，這幾天因爲簡訊的事，孫守義的覺都沒睡好。現在因爲無言道長的話，心神安定了不少，就有了些睏意。

到了孫守義住處樓下，束濤車停了下來，孫守義睜開眼睛，迷茫地看了一眼束濤，束濤笑笑說：「市長，到您的住處了。」

孫守義點了下頭，說：「好的，今天麻煩你了，束董。」

束濤笑笑說：「市長跟我就不用客氣了。」

孫守義作勢要下車，打開車門的時候，突然回過頭看了一眼束濤，像是忽然想起來的一樣，說：「束董啊，市裏面準備將氮肥廠搬遷出市區，不知道你們城邑集團對騰出來的這個地塊感不感興趣啊？」

束濤笑了，他還在想要怎麼跟孫守義開這個口呢，沒想到孫守義倒主動提了出來。意外的同時，他也有些感動，說明這次他幫孫守義並沒有幫錯人，便說：「原來市長早就知道我在想什麼了啊？」

孫守義聽了笑說：「這麼說你是感興趣了，那就好，你準備準備吧，市政府一旦決定搬遷氮肥廠，很快就會出讓這個地塊，好利用出讓的資金將氮肥廠擇地重建。不過束董，我可事先聲明，你們必須拿出好的競標方案，公平的參加競爭。」

束濤立即說：「市長放心好了，城邑集團一定會拿出令人滿意的競標方案出來的。」

孫守義笑笑說：「這我相信，城邑集團是一家很有實力的公司，只要你們拿出真實水準來，應該得標機會很大的。好了，我回去了。」

孫守義就下了車。

束濤在車裏看著他的背景，心裏很是激動，孫守義雖然沒有明確的說讓城邑集團一定得標，但話裏的意思已經表達出這個意思了，這怎麼能不令他激動呢？

在孫守義這邊，雖然他看不到束濤的表情，但是他知道束濤一定會很激動。那正是他的目的。孫守義早已把氮肥廠這個地塊計畫好了，只要不出什麼意外，他準備讓城邑集團來開發這個項目。

一方面是因爲他想要對束濤這段時間大力支持的回報。俗話說皇帝不差餓兵，沒有人會不計報酬的幫你的忙的。束濤也好，丁益也好，孫守義很清楚他們之所以願意出力幫他通過市長選舉，都是期望從他身上獲取回報的。而他也必須給這些人一定的好處才行，不然這些人以後就再也不會幫他做什麼了。

另一方面，孫守義評估過，在海川市，城邑集團也是最後實力接下這個地塊的公司。天和房產雖然也有這個實力，不過他們所有的精力都被舊城改造項目給耗了進去，根本就無法旁顧氮肥廠這個地塊。

當然，海川之外有開發這個地塊實力的公司比比皆是，但是做為海川市的最高行政首長，孫守義不希望這塊地被外地的公司拿走，那樣的話，很大一部分的收益和稅收也可能被帶走，並不利於海川經濟的發展。

所以綜合各方面因素考慮，孫守義希望城邑集團能將這個地塊收入囊中。於公於私，這都是最佳的選擇。

在一來一往的路上，孫守義注意到束濤一直想要開口跟他說什麼，卻忍住沒講出來，他就猜到束濤的意圖了，於是孫守義乾脆主動點破，把人情做到家，也是告訴束濤：你看，我是把你的事情放在心上的。

由於在無言道長那裏吃了定心丸，回到家的孫守義心情很不錯，甚至做好晚餐後，還開了瓶紅酒，自斟自飲起來。

吃完晚餐，孫守義看了一會兒電視。然後洗漱一番準備休息。就在這時，有人敲門，孫守義看看時間，已經十點多了，這時候誰會來找他啊？

孫守義走到門口，從貓眼裏往外看，看到劉麗華站在門前，正緊張的不時看著兩邊。他不由得一愣，這個女人怎麼跑來了?!

孫守義不敢讓劉麗華在門口待太久，趕忙開了門，迅速將劉麗華拉了進來，然後關上房門。

孫守義正想指責劉麗華時，劉麗華卻不給他這個機會，一下撲進了孫守義的懷裏，摟著他的脖子，堵住了他的嘴，開始熱吻起他來。

孫守義這段時間精神一直處於高度緊繃的狀態，長久沒碰觸過女人了，此刻一個熱情如火的女人這麼抱著他親吻著他，他一下子就被融化了，就抱緊了劉麗華，回應著她的熱情。一時天雷勾動地火，兩人立即深陷激情的海洋之中，一發不可收拾。

等平靜下來後，劉麗華依偎在孫守義懷裏，輕輕地撫摸著孫守義，微微喘息的說：「守義，你看我們在一起多美好啊。」

劉麗華接著說道：「現在這個社會，男男女女在一起很正常，我們局長就跟局裏一位科員在一起，幾乎是半公開的狀態，那個女科員甚至爲此離了婚，也沒人爲此找過這個局長的麻煩。守義，你現在都是市長了，可比局長大得多……」

「你什麼意思啊？」孫守義有點聽不下去了，打斷了劉麗華的話，說：「小劉，你想幹嘛？想要公開我和你的關係嗎？如果是那樣的話，我勸你最好不要想。」

孫守義心中起了對劉麗華的警惕之心，這個女人是不是想得寸進尺啊，得到了他的人後，還想得到名分?!這樣子可不行。

城建局局長那樣不注意形象，是因爲他的年紀已經達到界限，在仕途上不可能有什麼

上升的可能了；而他才剛起步，他可不想在女人身上葬送自己的大好前途。

看孫守義緊張了，劉麗華趕忙解釋說：「不是的，守義，我舉我們局長的例子，是想告訴你不用怕，現在社會上這種事情太多了。」

孫守義瞪了劉麗華一眼，說：「小劉，社會上怎麼樣我不管，我只管我自己，如果你不能接受，那我們還是不要在一起好了。」

劉麗華急急地說：「守義，你別誤會我的意思，我只是想你多點時間跟我在一起，並不是要公開我們的關係。好了，就當我沒說剛才的話總行了吧？」

孫守義其實也有點心疼劉麗華，這個女人跟他在一起也有段時間了，從來沒跟他要求過什麼，孫守義就抱了一下劉麗華說：

「小劉，對不起，我也想多跟你在一起，只是我的身分註定我們是見不得光的，加上出了那封簡訊的事，我更得小心些了。其實你今天就不該來的。」

劉麗華聽孫守義責備她，不高興地說：「剛才我可以感受得到，你是很渴望我的。現在玩完我了，卻跟我說我不該來，真是沒良心！既然這樣，那好，我走就是了。」

說著，劉麗華就作勢要走，孫守義趕忙拉住她，在她耳邊說：「你也知道我很想你，只是現在吉凶難定，我不得不小心些。好了，乖，別跟我鬧脾氣了。」

劉麗華看情郎說好話哄她，這才不再作勢要走，關心的問說：「守義啊，這個發簡訊的傢伙究竟是什麼人啊？他怎麼這麼壞啊！」

孫守義搖搖頭說：「我也不清楚這個人究竟是誰，他這幾天又沒有動靜了，我也不清楚他爲什麼會找上我。」

劉麗華有點緊張的說：「那你準備怎麼辦啊？總得採取點辦法吧？」

孫守義說：「現在除了對方聯繫我，我一點辦法都沒有。不過我今天跟束濤去了海平的無煙觀，那裏的無言道長給了我兩句忠告，叫我在這個吉凶未卜的時候，動必有礙，耐心可免，讓我不要採取任何動作，耐心等待，事情就可能會逢凶化吉。小劉，你不知道，束濤說這個無言道長很靈驗，海川市不少大老闆都很相信他，所以我想他的說法十分可信。」

劉麗華卻搖搖頭說：「守義啊，不是我要掃你的興，我真心希望你能順利度過這一關。只是這個無言道長，我聽說過他的事。我有幾個女性朋友去找過他，讓他推算，但是算出來的結果都不靈驗。更有人說，這個人原本是山腳下一個村裏殺豬的，無煙觀原來的老道曾經有難，借住在這個殺豬的家中，後來老道死了，他就接了老道的衣缽，成了現在的無言道長了。」

「無言道長原來是殺豬的？」孫守義笑了起來，說：「難怪我總覺得他不像是得道高人呢，說他是殺豬的，倒是真有幾分像。」

劉麗華說：「你說這樣一個人給你算出來的東西，你能相信嗎？」

孫守義臉上的笑容沒有了，嘆了口氣說：「小劉，我不是說對他堅信不疑，而是相信他我的心能安定一些。對方一直沒再露頭，也沒有通知我他想幹什麼，此刻我除了相信他的推算外，也沒其他的選擇啊！」

孫守義摟緊了劉麗華年輕嬌嫩的身體，說：「好了，我睏了，睡吧。」

兩人折騰了一晚都很累了，就這麼摟著睡了過去。

就在他們睡得很甜的時候，滴滴滴，簡訊聲再次響了起來。

孫守義這幾天都在等簡訊的傳來，因此對滴滴滴的聲音高度敏感，聽到聲音後，眼睛還沒睜開，人就一下子坐了起來，伸手去拿他的手機。

孫守義一起來，把劉麗華也驚醒了，她睜開眼睛，朦朦朧朧的看著孫守義說：「守義，怎麼了，大半夜的你做起來幹嘛？」

孫守義聲音顫抖的說：「那個人好像又發簡訊來了。」

「啊！」劉麗華驚叫一聲說：「他又發來了？上面說什麼啊？」

在這寂靜的夜晚，劉麗華的驚叫聲聽在孫守義耳裏分外刺耳，他瞪了一眼劉麗華，不滿的說：「小劉，你別一驚一乍的好嗎？半夜三更的要嚇死人啊。」

劉麗華歉疚地說：「不好意思啊，你快看看吧，看他說了什麼。」

孫守義查看著簡訊，馬上就認出發出的號碼就是上次那支手機，越發惶恐起來，顫抖著打開了，只見上面寫著：「你以爲你們的事可以瞞得過我嗎，不要再心存僥倖了，我知道那個女人此刻就在你身邊。」

孫守義恐懼到了極點，像見了鬼一樣，他的手哆嗦著，手機掉到床上。劉麗華的臉像紙一樣的蒼白可怕。

劉麗華帶著顫音說：「守義，太可怕了吧？他是怎麼知道我在你這裏的？他是不是在盯我的梢啊？」

孫守義問：「你來的時候，有沒有注意到有人在跟著你啊？」

劉麗華搖搖頭說：「沒有啊，我來的時候很小心，很注意有沒有人在跟著我，確定沒人跟在後面，我才敢來找你的。」

孫守義指了指手機，說：「那這是怎麼一回事啊？爲什麼他會知道我們現在在一起呢？」

劉麗華使勁的搖搖頭，話都說不出來了。

此刻兩人的心都懸在嗓子眼裏，恐懼瀰漫著房間，再也沒有不久前那種愉悅了。

過了幾分鐘，孫守義先冷靜下來，對劉麗華說：

「小劉，目前最重要的是你要趕緊離開這裏，只要我們不被人看到在一起，別人就是

說的再跟事實一樣，也不能奈何我們。」

劉麗華說：「守義，我知道你這裏是非之地，要趕緊離開，但是我現在被嚇得兩腿發軟，根本就走不動；還有，這半夜三更的，要是那傢伙跟在我後面，豈不是太嚇人了？」

劉麗華的話提醒了孫守義，如果這個人真的是跟蹤劉麗華而來的話，那劉麗華回去的時候，這傢伙說不定也會跟著，如果他跟在劉麗華身後，也許能看到這傢伙究竟是誰。

孫守義已經厭倦這種敵暗我明的狀態了，再一想，他好歹也是昂藏七尺的男兒，難道不敢壯起膽子跟對手玩上一把嗎？不管怎樣，先把這傢伙揪出來再說。只要把他揪出來，就可以跟這傢伙直接攤牌，看他究竟在玩什麼把戲，又想從他這裏得到什麼。

孫守義就對劉麗華說：「小劉，你這樣離開我也不放心，我送你回去吧。不過這麼晚我們走在一起不太好，這樣，你走在前面，我在後面不遠處跟著。」

孫守義沒有告訴劉麗華他的真實意圖，怕會嚇到劉麗華，索性瞞著她。而劉麗華一聽孫守義居然為了她的安全，不顧忌他們的關係會被暴露，他的形象在她心目中一下子威猛起來，這個男人是真的愛她的。

劉麗華感動的說：「守義，今天我發現你真是愛我的。你不用跟在後面保護我了，我有勇氣一個人回去的，要是那個人真的敢對我不利，我會跟他拚命的。」

孫守義笑笑說：「小劉，我不放心你一個人回去，再說，那樣我還算是男人嗎？行了，你就聽我的話，趕快穿好衣服，我送你回去。」

劉麗華乖巧的點點頭，準備和孫守義一起回去。

出門前，孫守義先去窗口看了看，馬路上沒什麼往來的車輛和行人。孫守義便回頭對劉麗華說：「小劉，你可以走了。記住，我就在你身後，你不要走得太快，那樣會跟我拉開太大的距離，我就沒法很好地保護你了。」

劉麗華親了孫守義的臉一下，甜甜地說：「守義，我會一輩子都記住這一刻你對我的好的。」

孫守義抱了一下劉麗華，然後說：「好了，趕緊走吧。」

劉麗華就去輕輕的開了房門，看看走廊上沒有人，像貓一樣無聲無息的閃了出去。孫守義在後面停了一分多鐘，便也走了出去。

孫守義就在劉麗華後面不緊不慢的跟著，二十多分鐘後，孫守義看到劉麗華走到了城建局分給她的那棟大廈門前。

劉麗華停了下來，回過頭看了看，看到不遠處的孫守義。

孫守義擔心她過來找他，趕忙撥電話給她，說：「別往我這邊看，也別跟我說話，趕緊回家好好睡一覺吧。」

劉麗華嗯了一聲進去了，不久劉麗華的房子燈亮了，孫守義這才收了線往回走。

令孫守義失望的是，街面上冷冷清清，半點人影都沒有，這是怎麼一回事啊？孫守義不由得納悶起來，難道那人跟蹤劉麗華到他的住處就回去了？不應該啊。這種事最好是能得到兩人在一起的照片，所以這人應該躲在一旁才對啊。

回到住處，被夜晚的冷風吹了半天，孫守義的頭腦清醒了不少，他躺在床上思索著這個人究竟是想幹什麼。

想了好一會兒，他忽然發現一個奇怪的地方，這個人已經發了兩次簡訊給他，又那麼確定他跟劉麗華在一起的事，對方如果是想要勒索他的話，這些已經夠條件了。

按理說，這種敲詐勒索應該速戰速決，既然有充足的證據，就該馬上提出他的要求，爲什麼對方卻遲遲沒有說出他要什麼呢？似乎只是想讓他自亂陣腳，造成他的心理恐慌。對方是在跟他玩貓捉老鼠的遊戲，還是有別的意圖？

或許無言道長說的那八個字「動必有礙，耐心可免」真是最好的辦法。想到這裏，孫守義不再悽惶不安，決定靜待對方下一步的行動。

孫守義心情平靜下來後，睏勁就上來了，放鬆的睡了過去。醒來時已經臨近中午，難得的睡了一個好覺。

第七章

詐騙簡訊

姜非說：「這是詐騙簡訊，嫌犯撿到一本別人丟失的記事簿，上面有不少領導的手機號碼，這傢伙就按照上面的號碼給領導們發了恐嚇訊息。」

孫守義這下心徹底放到了實處，心想還好他沒有做出什麼過激的反應。

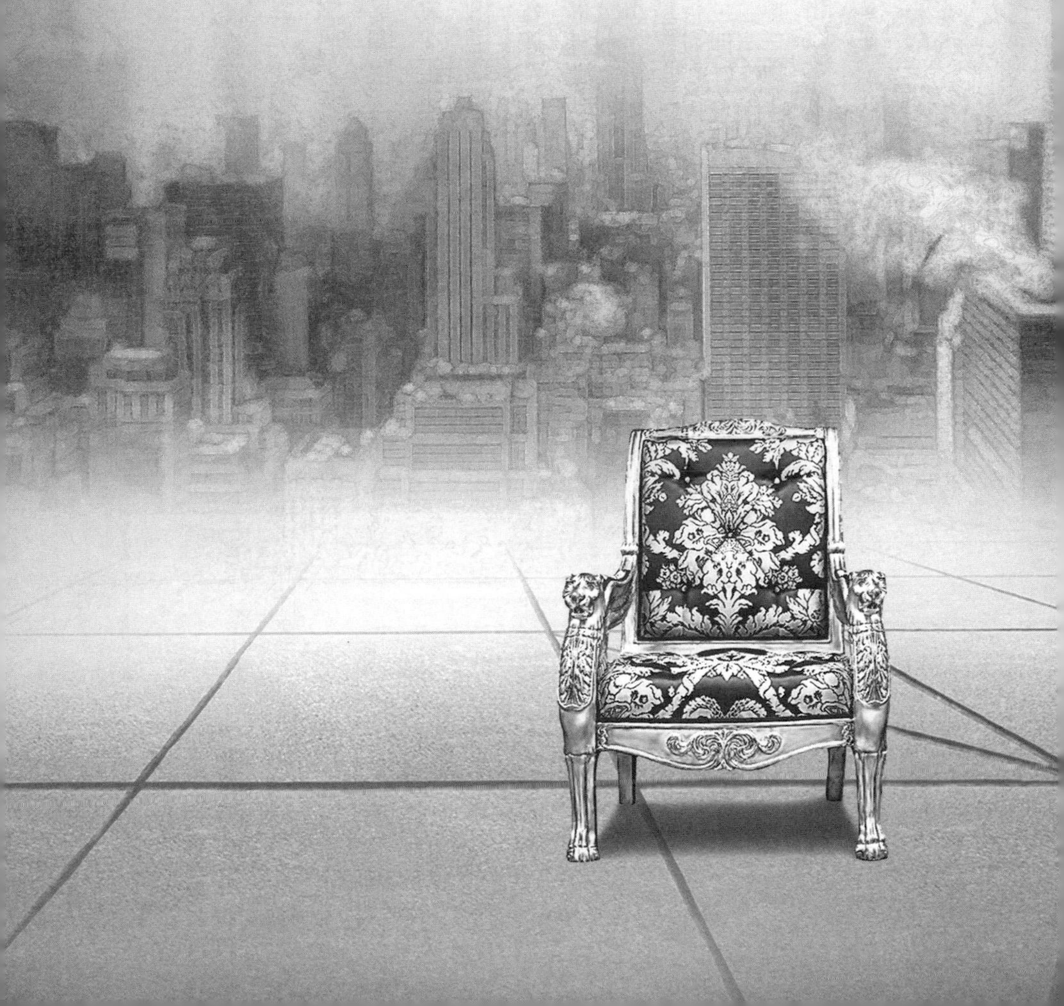

北京，笙篁雅舍。

傅華正跟鄭莉一起哄著傅瑾玩，傅華的手機突然響了起來，是賈昊的電話，傅華就對鄭莉說：「我師兄的電話，我接一下，也不知道他這大週末的找我幹什麼？」

鄭莉笑笑說：「快接吧。」

傅華接通電話，賈昊問說：「你在哪裡啊？說話方便嗎？」

傅華回說：「我在家，跟小莉正哄兒子玩呢。」

賈昊聽了說：「你倒挺享福的，出事了，你知道嗎？」

傅華愣了一下，自從跟小莉和好後，他就很安分，很少去夜總會那種場合，在外面應酬也儘量少喝酒，所以老神在在地說：

「師兄啊，你別一驚一乍的好嗎？我最近很安分的，能出什麼事啊？」

賈昊卻說：「你別這麼自信，有些事你被牽涉進去了可能都不知道。」

傅華一聽有些急了，他好不容易才跟鄭莉和好，可不想在這個時候出什麼岔子，急忙問道：「究竟是什麼事啊，師兄，你趕緊說吧。」

賈昊說：「前段時間你不是在新聞中露了一小會兒臉嗎？麻煩就在這個上面。」

傅華困惑地說：「那段新聞不過是文欣家副市長考察我們海川駐京辦，很正常的活動，會有什麼麻煩啊？」

賈昊說：「小師弟啊，你可不要告訴我文欣家是無緣無故去你們駐京辦走那一遭的。」

傅華回說：「當然是不會無緣無故的了，是一個朋友爲了幫我裝臉面，讓文欣家來駐京辦的，這有什麼問題啊？」

賈昊說：「那你在文欣家去的過程中，有沒有對文欣家做過什麼，比方說送過什麼禮物之類的？」

傅華說：「禮物送了一點，不過都是些海川的特產，不值什麼錢的。」

賈昊追問說：「你確信那些禮物能夠經得起官方的考驗？」

傅華很有信心地說：「確信，頂多也就値個千兒八百的，怎麼，文欣家出事了嗎？」

賈昊說：「你終於想到了，有消息說，昨晚文欣家在酒宴上被中紀委帶走收押了。」

「什麼，文欣家被抓了？知道爲什麼嗎？」傅華驚訝地道。

文欣家是北京市副市長，副省級領導，是首都圈令人矚目的高級領導，他被中紀委抓，確實是個令人震驚的消息。

賈昊說：「具體爲什麼我也不知道，有傳言說，他是掉進香港商人的陷阱了，香港商人本來想借著文欣家幫他辦事，結果文欣家不但沒幫忙，反而坑了那個香港商人，香港商人就把他掌握的文欣家違法違紀的證據捅給中紀委，文欣家就此倒楣啦。」

傅華聽到香港商人，感覺比剛才聽到文欣家被抓還要震驚，難道是喬玉甄告發文欣家的？如果真是她告發的，那麼喬玉甄會不會也牽連進去？

傅華不禁擔心起喬玉甄來，不過在鄭莉面前，傅華不敢提到喬玉甄的名字，，只好說：「師兄，那這件事還牽涉到了什麼人嗎？」

賈昊說：「那我就不知道了，我只是剛剛跟朋友打球的時候，聽朋友說起這件事。想起在新聞中看到過你跟文欣家熱情握手的畫面，就想提醒你一下。」

傅華嘆說：「我跟文欣家只是作秀表演一下，沒想到運氣不好，竟然也會被牽扯其中。」

賈昊嘆說：「官場本就是風雲莫測的，今天在臺上人五人六的，明天就可能去監獄報到，小師弟，這也沒什麼，無關運氣的。誒，你那邊應該有一些文欣家的照片之類的吧，明天上班就趕緊撤下來，別讓人借此攻擊你。」

傅華說：「豈止有文欣家的照片，還有一幅他親筆題的字呢。行，我明天一上班就做這件事。」

「那就這樣吧，我打電話來就是想問一下你跟文欣家有沒有什麼牽扯，沒有的話我就放心了。」賈昊說。

傅華感激的說：「謝謝你了，師兄。」

第二天一早，傅華去駐京辦就吩咐羅雨將文欣家的題字和照片撤下來。

羅雨訝異地說：「傅主任，這好好的撤下來幹嘛啊？」

傅華說：「讓你撤你就撤吧，有消息說文欣家出事了。」

羅雨一聽，便趕緊安排人手將文欣家的題字和照片撤下來送去倉庫存放。傅華又指揮羅雨換上其他的照片好填補空下來的地方。

安排好這些，傅華才回到辦公室。

他感覺他與文欣家這一段真有點像一場荒唐的鬧劇，那時候徐棟梁爲此還很嫉妒他，此刻徐棟梁八成在偷著樂呢，笑他費盡心思請了文欣家裝門面，最後反而成了一場麻煩。

悶坐了一會兒，傅華看看時間，喬玉甄應該起床了，就撥了電話過去。

電話響了許久，最後傳出一個女聲說電話暫時無法接通，請稍後再撥。在這個緊要的關頭，喬玉甄居然關機，傅華的心開始往下沉，難道喬玉甄真的出事了？

傅華不肯相信這種推測，等了半個小時，再撥了一次，仍是關機狀態，傅華覺得喬玉甄一定是出事了。

傅華就很想瞭解文欣家究竟出了什麼問題，想來想去，他的朋友中，蘇南是北京本地人，又認識文欣家，應該會知道詳情，便打給了蘇南。

「南哥，文欣家出事了，你知道嗎？」

蘇南說：「聽說過一點風聲，怎麼了，傅華，你該不會是牽涉其中吧？哦，我想起來了，文欣家去過你們駐京辦，你還因爲這個上過新聞，你不會是花錢請他去的吧？」

傅華回說：「那倒沒有，我跟文欣家私下並無利益輸送，我只是奇怪這麼高階的官員怎麼說倒就倒了呢？」

蘇南笑笑說：「傅華，你不知道，文欣家最近行爲很不檢點，北京其實早就有風聲傳出文欣家要倒楣了。」

傅華關心地說：「那南哥跟他沒什麼牽扯吧？」

蘇南說：「也不是一點牽扯都沒有，他畢竟是北京市的領導，我們振東集團總還賣他幾分面子，幫他辦過幾件事，不過還好，並沒有什麼特別出格的，所以他的事牽涉不到我的。」

傅華這才放下心來，說：「那南哥，你知道文欣家這次是因爲什麼出事的嗎？」

蘇南沉吟說：「具體的情形我不清楚，小道消息說，文欣家會出事，與他一個情婦有關，具體是怎麼有關，這個情婦又是誰，目前還沒有消息傳出來。怎麼，你問這個幹嘛？」

傅華不好說他是因爲擔心喬玉甄才問的，就笑笑說：「也沒什麼，我就是覺得跟文欣家認識一場，他出了事，我問問情況而已。」

蘇南說：「這件事既然與你無關，你還是少打聽為妙。現在文欣家被雙規，只要牽涉到他的事都很敏感，你這麼四處打聽，很容易會被有關部門盯上的；更何況你跟文欣家還有那麼一段公開的往來，恐怕就是你不打聽，也會有人把你往這上面扯的。叫我說，你還是安分一點吧，別讓鄧叔在東海那裏難做。」

傅華愣了一下，說：「這件事除了你之外，我沒再問別人了，又怎麼會讓鄧叔難做呢？是不是有人在鄧叔面前說了什麼？」

蘇南含蓄地說：「其實也不是什麼大事，就是有人對鄧叔提出批評，說他縱容少數人越級去干預省政府的事務，還說鄧叔這種作法，干擾了省政府正常的工作秩序。」

傅華馬上就猜到縱容的少數人就是在指他，他不該跟徐棟梁開那句要去省駐京辦工作的玩笑的，讓別人抓到把柄，借此攻訐鄧子峰。

傅華歉疚地說：「南哥，我只是開個玩笑而已，沒想到會被有心人用來對付鄧叔。」

「這我和鄧叔都知道，也沒有怪你的意思，我說這個給你聽，是想讓你知道東海省省裏很複雜，總有些人沒事想找鄧叔的事，所以你最好不要去做一些會給人口實的事。」蘇南提醒他說。

傅華說：「我知道了南哥，我會小心的。」

傅華心情鬱悶的把手機收了起來，從蘇南那裏他不但沒有獲知喬玉甄的消息，反而心更懸了起來。文欣家的情人就是喬玉甄吧?!她能像指揮下屬一樣指使文欣家來駐京辦視察，除了跟他是情人關係外，幾乎別無可能。喬玉甄的電話又打不通，要說兩者之間一點都沒關聯，傅華是怎麼也不會相信的。

讓傅華更擔心的是，他意識到這次文欣家出事，東海省一些別有用心的人，就像徐棟梁之流者，一定會借此大做文章，不但會以這件事攻訐他，甚至可能矛頭直衝鄧子峰而去，他和鄧子峰恐怕會遭受到池魚之殃。

沒想到文欣家一次簡單的視察，居然會帶來這麼多的後遺症，傅華的腦袋一下大了起來。他一方面暗自慶幸沒有答應鄧子峰，真的去省駐京辦；另一方面，他也開始思索接下來該如何去應對文欣家給他帶來的負面影響。

接下來兩天，文欣家的出事成了北京最熱門的話題，街頭巷尾都在談論著。加上裏面還涉及文欣家跟女人的風流韻事，什麼情婦團隊啦，什麼女人爲他一再墮胎啦，更是人們感興趣的話題，於是每個人似乎都變成了消息靈通人士，談論起文欣家來，均是侃侃而談，如數家珍，好像中紀委專門跟他們做過彙報一樣。

市面上各種小道消息滿天飛，什麼樣的版本都有，其中一個版本說，文欣家之所以出事，是牽涉到一宗土地競拍糾紛中。本來文欣家答應了參與土地拍賣的一個商家，要讓他得標的。結果拍賣過程中，有更強的勢力介入，文欣家無法左右局勢，就沒能讓那個商家得標。

那個商人爲了爭取這塊土地，付出了很高的代價，現在沒得到土地，不但巨額收益拿不到，前期的付出也收不回來，自然是損失慘重，於是一怒之下，向中紀委實名舉報了文欣家，並將手裏一份性賄賂的視頻光碟交給中紀委，引發了巨大風波。

另一個版本，說文欣家利用職權養了一堆情婦，情婦間爲了誰能從文欣家那裏拿到的好處多互相爭風吃醋。其中一位沒能得到好處、覺得委屈的情婦，就買了偷拍的器材，然後約文欣家去了一家有名的五星級酒店。在酒店裏使盡渾身解數，好好的伺候了文欣家一番。

文欣家不疑有他，滿心高興的接受了情婦的服侍，情婦心中暗自冷笑，轉頭就將拍攝下來兩人狂歡的視頻寄給中紀委，並將文欣家以權謀私的不法事跡一一列舉寫成舉報信，一起給了中紀委，才引起中紀委領導們對文欣家的注意。

雖然各種版本說法不一，但是每個版本中都有情婦的角色，二是都有文欣家被拍了光碟的情節。

第三天，關於文欣家的罪狀，官方終於有了明確的說法，說文欣家存在嚴重的違紀違法行爲，生活作風腐化墮落，違背社會道德規範，因此免去他副市長的職務，並將其交予司法部門立案調查。這等於是宣布了文欣家政治生命的結束。

傅華又試著再打了幾通喬玉甄的手機，依然沒有開機，至此他更加確信喬玉甄也被相關部門採取措施了。

海川，市政府，市長辦公室。

孫守義正在聽取工作彙報，他的神情看上去很輕鬆。

他之所以這麼輕鬆，是因為發簡訊的人再也沒發簡訊來，這印證了孫守義的判斷是對的，他認定發簡訊的人只不過是虛聲恫喝而已。

下屬還在滔滔不絕的說著，這時，孫守義的手機響了起來，他看了看號碼，是公安局長姜非的電話，孫守義愣了一下，心說姜非找他幹什麼？不會是跟那封簡訊有關吧?!他隱隱有不安的感覺，接通了電話。

「姜局長，找我有事？」孫守義問。

姜非說：「市長，我有件事需要跟您單獨彙報，不知道您什麼時間方便見我？」

孫守義一聽有些緊張，試探著說：「姜局長，什麼事啊？不能電話裏說嗎？」

姜非為難地說：「孫市長，這件事電話裏說不方便，需要當面跟您彙報才行。」

孫守義越發狐疑起來，於是說：「那你半個小時後過來吧，我在辦公室。」

半個小時後就要到了，孫守義平靜了一下心情，喝了口水，這才坐在辦公桌前，拿起公文裝模作樣的看起來。

過了一會兒，秘書進來告訴他姜非到了，孫守義微微笑說：「讓他進來吧。」

姜非走進孫守義的辦公室，孫守義立即打招呼說：「姜局長，公安局究竟有什麼事這麼重要，你非要當面跟我談才行啊？」

姜非掃了一眼正在倒茶的秘書，笑說：「孫市長，不是事情重要，而是這件事牽涉到您，需要跟您當面做個瞭解，所以才過來的。」

孫守義的心繃緊了起來，等秘書倒完茶退了出去，這才開口問道：「牽涉到我？究竟是什麼事啊？」

姜非認真地看著孫守義說：「市長，前段時間你有沒有接到陌生人發來奇怪的簡訊？」

「奇怪的簡訊？」孫守義心裏咯登了一下，果然是爲了簡訊的事！他該怎麼應對呢？承認還是不承認？

孫守義腦子迅速做了權衡，他決定含糊以對，留下一點周旋的空間，便笑笑說：「姜局長，你這麼問，我真的不知道該怎麼回答你，我的手機每天都會接到很多簡訊，不知道你指的是哪一種啊？」

姜非抱歉地說：「對不起市長，是我說得太籠統了，是這樣的，有沒有一個號碼曾經對您發過兩封恐嚇的簡訊？」

姜非很明確的說出簡訊的性質，孫守義就無法回避了，不過他看姜非面帶微笑，心裏猜測應該不是什麼壞消息，否則姜非的表情就不會是這樣子了。於是孫守義笑笑說：

「好像是有這麼兩封簡訊，不過我當時覺得這兩封簡訊沒頭沒尾的，有些莫名其妙，就直接刪掉了。究竟出了什麼事嗎？」

姜非說：「還好您刪掉了，這是詐騙簡訊，嫌犯叫王斌斌，他撿到一本別人丟失的記事簿，上面有我們海川市不少領導的手機號碼，這傢伙就按照上面的號碼排序，給領導們發了恐嚇訊息。」

孫守義這下心徹底放到了實處，心想無言道長的八字箴言還真是沒錯啊，還好他沒有做出什麼過激的反應。

「原來是這麼回事啊，這個叫做王斌斌的傢伙是什麼人啊？居然會想到利用這些號碼，也算是有點小聰明。」

姜非說：「這傢伙是教師進修學校裏的一名老師。」

「老師？」

孫守義不禁有點目瞪口呆，沒想到這個詐騙犯居然還是個爲人師表的人，真是讓人大跌眼鏡，不敢置信。

姜非報告說：「是的，他教授的是教育心理學，對心理學有深入研究，據他供述，他覺得目前的領導幹部幾乎都有包養情人，所以突發奇想，想跟領導們玩一個心理游戲，就故意將簡訊內容搞得語意含糊，又暗示收訊人跟女人有不正當的關係。他想領導們就會懷疑他們包養情人的事被人發現，就會主動跟他聯絡，他好趁機敲詐。」

孫守義忿忿不平地說：「這傢伙也太敗壞師德了吧？竟把學到的專業知識用在這方面！誒，有人上當的嗎？」

姜非說：「不是所有的官員都能像您這樣把持得住自己的，王斌斌之所以會這麼想，就是因爲一些官員作風不正，才讓他覺得有機可趁。這次市裏就有三位局級的領導沒經受得住考驗，他們是……」

「別跟我說名字，」孫守義打斷了姜非的話：「你回頭去跟金達書記彙報一下，要如何處理這些人，看金書記的指示。」

要如何處分下面的官員，應該是市委書記金達的職責，孫守義不願意參與其中。處分人本來就是得罪人的事，出力不討好；二來他不願意讓金達感覺到他越權。

姜非點點頭說：「我明白了市長，回頭我就去跟金達書記彙報這件事。」

孫守義奇怪的是，這種事是很私密的，敲詐或者被敲詐者肯定都不願意曝光，公安局是怎麼知道的呢？便問：

「誒，姜局長，那這件事是怎麼被你們公安局知道了呢？」

姜非回說：「是其中一位領導無法滿足王斌斌的勒索，只好選擇報案。」

孫守義有同病相憐的感覺，很爲這個人惋惜，此人的仕途應該到此就畫上句號了。

孫守義慶幸他沉住了氣，壓抑住要找出對方的衝動，沒有打電話去問對方是誰，如果他沉不住氣，那他的下場估計不會比這個人好多少。還好他選擇了靜觀事態，才僥倖過關了。

想不到在這關鍵的時候，救他的居然是一個殺豬的屠夫，孫守義腦海裏又浮現出無言道長那猥瑣的形象，心中感到僥倖的同時，也不免有些失笑。

姜非又看了看孫守義，說：「市長，我跟金達書記回報的時候，要不要說您也接到過簡訊的事呢？」

孫守義愣了一下，隨即說：「說吧，這沒什麼不能說的，我可是光明正大的，事無不可對人言，你就跟金達書記如實彙報就好了。」

姜非的任務完成了，就站起來說：「那市長我先回去了。」

孫守義點了點頭，感激地說：「姜局長，謝謝你先來告訴我這件事。」

姜非笑笑說：「這是應該的，事情牽涉到您，我不先搞清楚，又怎麼去跟金達書記彙報啊。」

孫守義誠心地說：「不管怎麼說，我還是要謝謝你，讓我避免了可能尷尬的場面。」

兩人就握了握手，孫守義把姜非送到電梯門前，看著姜非進了電梯離開，這才回到辦公室。

重坐下來，孫守義感覺渾身沒有一點氣力，讓他不安了這麼多天的事總算塵埃落定，他有一種解脫的無力感。老天還是很眷顧他的，讓他在最關鍵時刻沒有做出錯誤的選擇，保住了仕途和家庭。

坐了一會兒，孫守義感覺恢復了些力氣，就拿出手機撥給劉麗華，把這個消息告訴劉麗華。

劉麗華聽完，長出了口氣，說：「原來是這樣啊，這下不用爲這件事擔心啦。誒，守義啊，既然是虛驚一場，晚上你要過來嗎？」

按說劉麗華爲他擔驚受怕了一場，孫守義是應該晚上去安慰她一下的，不過他也被這件事嚇得不輕，暫時不敢冒險去跟劉麗華幽會，便說：「小劉，先等兩天吧，說不定會有人還在背地裏關注著我呢，等事情平息一下再說吧。」

劉麗華埋怨說：「你又來了，老是怕這怕那的，這次簡訊的事就是個例子，本來什麼事情都沒有的，要不是你疑心生暗鬼，我們又怎麼會怕成那個樣子？」

孫守義也有些不滿，劉麗華現在越來越放肆了，居然指責起他來，就說：「小劉，你很清楚我的狀況，如果我們的關係曝光，我也完蛋了，所以不得不小心再小心，如果你沒辦法理解這一點，還是趁早離開我好了，省得鬧得大家將來都不愉快。」

劉麗華知道她惹孫守義生氣了，趕忙陪笑說：「不是了，守義，人家是想多跟你在一起嘛！好啦，你說怎樣就怎樣了。」

結束跟劉麗華的通話後，孫守義看向辦公室的窗外若有所思，他在想跟劉麗華的這段不正當的關係，想他接下來該如何來處理這段關係。最理智的做法就是來個壯士斷腕，趁還沒陷得太深，給劉麗華一點補償，然後跟她斷了這段關係。

但是最理智的做法往往是人最不願意去做的做法，想來想去，孫守義還是捨不得放棄劉麗華，也只能暫時維持現狀了。

海川市委，金達辦公室。

金達對找上門來彙報的姜非顯得很客氣，面帶微笑地說：「姜局長，說吧，有什麼事你要專門彙報啊？」

姜非就報告了王斌斌簡訊詐騙的事，並將三名出問題的領導名字告訴金達。

金達聽著，眉頭就皺了起來，一下子出現三名有問題的官員，會讓外面的人認爲海川官場很亂，他的臉上也跟著無光。

姜非彙報完，看著金達說：「書記，您看要如何處置這三位局級的領導啊？」

金達沉吟了一下，說：「姜局長，我現在無法答覆你，我得跟市裏其他領導商量一下才能決定。」

姜非點點頭說：「好的，那我等市委的指示。」

「那關於這個案子還有其他的情況嗎？」金達想結束談話了。

姜非笑笑說：「是沒有什麼特別的情況，只是有個小插曲。」

「小插曲，什麼小插曲？」金達問道。

姜非說：「這個王斌斌還把簡訊發給了孫市長，不過孫市長並沒有上當，看過之後，就把簡訊刪除了。」

金達愣了一下，說：「他也發給了孫市長？」

姜非說：「是啊，這個可以確定，我們查到了王斌斌的通話紀錄，孫市長的號碼就在上面。」

金達對孫守義接到簡訊這件事很感興趣，看了一眼姜非，說：「那這個王斌斌的簡訊是怎麼發出去的？又是什麼時間發的呢？」

姜非不知道金達在想什麼，查看了一下紀錄，然後告訴了金達。

金達得到了他想要的答案，就點點頭說：「行，姜局長，你先回去吧，我會儘快召集市委領導開會，研究對這三名幹部如何處置。」

姜非就離開了。

金達臉上露出一絲笑容，心說：「孫守義，你想利用姜非來騙我，哪知道卻是欲蓋彌彰，反而更加洩露了你跟劉麗華的不正當關係。」

金達記得很清楚，孫守義剛當選市長的那一周，孫守義不但沒有顯得興高采烈，相反卻是一副失魂落魄的樣子。當時金達還以爲孫守義是因爲競選市長太累的緣故。

但現在看來，根本就不是這樣。孫守義神態失常是因爲擔心他跟劉麗華的不正當關係被人揭穿而致，也說明他跟劉麗華不但沒斷，甚至可能還來往的更密切了。

金達感覺他幫忙將劉麗華從市政府調走，是被孫守義利用了，心中就有幾分氣憤，覺得孫守義是在借他撇清自己，這樣一來，倒好像是他金達跟劉麗華有什麼不正當關係似的。

金達也聽到外面對他和劉麗華的傳聞，對此金達沒有太在意，清者自清，反正他跟劉麗華是清白的，別人愛說什麼就讓他們去說吧。但現在看來，這恰好中了孫守義的詭計，他利用這些傳聞做掩護，繼續和劉麗華往來。

沒有人會願意被別人利用的，金達也不例外，他因此對孫守義很是反感。

不過，要不要拆穿孫守義玩的這個把戲，金達一時難以抉擇。如果拆穿這件事，孫守義肯定下不來台，他們兩人就會因此反目。他目前並不想跟孫守義反目，畢竟兩人合作才能夠完全掌控海川政壇。

但是孫守義玩弄這些花樣，讓金達心裏很不舒服。然而海川政壇的大勢決定了金達必須要這麼做，如果他跟孫守義鬧翻，影響到海川市的發展，他這個市委書記也是首當其衝要負責的，只能委曲求全。

彆扭歸彆扭，金達既然做出了選擇，他覺得就該把事情做得漂亮一點，於是撥了孫守義的電話，說：「老孫啊，你有時間嗎？」

「什麼事啊，金書記。」孫守義笑笑說。

金達說：「什麼事你已經知道了，剛才公安局長姜非跟我說，你也接到了那個詐騙犯的簡訊？」

孫守義笑說：「您是說這件事啊，姜局長這個人就是多嘴，我接了簡訊就直接刪掉了，與這個案子沒什麼關聯，他不必跟您講這件事的。」

金達說：「這你不要怪姜局長，現在的官員有幾個在男女方面這麼檢點啊？有三位同志就沒能把穩住，掉進紅粉陷阱了。我打電話給你，就是想看你什麼時間過來，商量一下如何處理這件事，我們倆要先統一了意見，才好上常委會討論啊。」

孫守義便回說：「那行啊，我馬上過去您辦公室。」

「老孫，你覺得我們應該拿這三位同志怎麼辦呢？」金達問孫守義道。

孫守義說：「沒有別的辦法，只有對這三位同志進行雙規了，現在公安局已經查得一清二楚了，如果不對他們採取雙規舉動，很難向社會大眾交代。我認爲應該馬上就採取行動，再根據情況做出相應的處理。」

金達點點頭，說：「我也是這麼認爲，現在事情鬧得這麼大，我們也必須要秉公處理，老孫，我們接了海川市這個班子後，就接二連三出了這些不好的事，真是讓人頭痛啊。」

孫守義說：「其實我倒不覺得這對我們海川市有什麼太大的影響。這些膿瘡早點發出來，我們也好對症下藥，根除它們，然後讓海川更健康的成長。這些有問題的同志暴露出來，市委正好借此對幹部隊伍進行必要的調整。」

孫守義這麼說是想要調整幹部了，本來金達是想他新上任不久，要以穩定爲主，並沒有動心思要去調整幹部。但是經過幾次事件之後，他發現幹部隊伍確實存在著問題。

這次出事的三個人又騰出了三個位置，給了金達一個調整幹部的空間；如果運用得當，他還能夠借這次調整，進一步穩固他在海川市政壇的地位。因此金達對孫守義的建議有些心動，開始考慮要如何進行這次的幹部調整了。

金達想瞭解一下孫守義對幹部調整的看法，便問：「老孫啊，既然你說要對幹部調整，心裏可有什麼想法？」

金達這麼問，是在開啓一個兩人共治海川的時代。孫守義對金達主動徵求他的意見有些意外，笑了笑說：「書記，怎麼調整應該由您和市委來統籌安排的吧，我參與意見合適嗎？」

金達誠摯地說：「老孫啊，看你這話說的，從你到海川來，我們就一直配合的很好，在今後的工作中，我們倆的配合仍然是很重要的，最好都相互通個氣，這樣才能更好地做好海川市的工作，你說是吧？」

孫守義對金達這種表態感到很高興，立即說：「是啊，我們一直都配合的很好，這也要感謝您一直都很信賴我，我自然要好好的配合您，才對得起您。」

金達說道：「你就談談你的意見吧，我們商量一下，把這次的人事調整搞好。」

孫守義說：「還是您先談一下對這次調整的想法，我再來談我個人的意見吧。」

孫守義這是對金達的尊重，也是一種謙讓，金達也沒推讓，就開始談他的想法。孫守義邊聽邊暗自點頭，金達所談的思路，大多是清除莫克原來的人馬，並沒有進行太大的調整。而金達換上來的，則都是跟他比較親近的人，少部分也有跟孫守義關係不錯的，這是對他和孫守義關係的一種平衡安排。

一個會真正運用權力的人並不會把所有的權力都一個人獨攬，而是如何跟人分享權力；一個善於跟人分享權力的人，才能得到別人的擁護。那種乾綱獨斷的傢伙，往往會被人視為獨夫，很容易會被人推翻。

但是分享權力也要有分寸，要掌控好這個分寸需要很高的技巧。過少，被分享的人肯定不會滿意；過多的話，權力都被他人分享走了，原來的權力擁有者反而會被架空，因而權力的擁有者需要隨變化做適當的調整。

孫守義感覺金達很好的掌控了這個分權的力道，就傾向接受金達的設想，便說：「書記，我感覺您的設想很精準到位，我很贊同。不過關於有個人的任用，我個人有點想法。」

金達覺得自己對人事調整已經各方面都考慮到了，按說孫守義應該不會有什麼不滿意。這傢伙居然還提出對某個人的任用有看法，難道自己的考慮還有什麼不周到的地方嗎？

「老孫，是誰啊，說出來聽聽。」

孫守義說：「我說的是雲山縣縣委書記孫濤，我覺得必須要將他從縣委書記的位置上拿下來。」

孫濤因為于捷的關係，想在市長選舉中搗鬼，結果被孫守義發現，兩人就此結怨。孫守義因此想調整孫濤其實並不過分，如果孫濤搗蛋成功的話，孫守義的仕途可能就完結

了，因此孫守義報復孫濤也很正常。

只是孫濤工作幹得還不錯，金達對他的印象不差。加上雲山縣又是一個偏遠的縣，很多官員不願意到那個地方去任職，因此金達在考慮人事調整的時候，就沒去想調整孫濤。

金達便替他求情說：「老孫，孫濤這次是犯了糊塗，不過他是個老實人，工作也做得不錯，是不是你就放過他算了？」

孫守義卻不認同，說：「這種老實人跟著別人上躥下跳才是最可惡的，孫濤最可惡還不是這個，我發現了他想搞鬼後，已經很明確的給了他改正的機會，他還是頑固的想跟市委作對到底。」

金達說：「後來我跟他談了之後，他就改正了。」

孫守義忿忿地說：「那是他看形勢不好，知道他就是搗亂也興不起多大的風浪的。書記，現在的問題不是我要不要放過他，而是如果一個這樣跟市委作對的人都不會被懲罰的話，那今後市委的意圖還怎麼往下貫徹啊？所以這不是我個人的問題，而是市委的尊嚴問題。今天就算是您對我有意見，我也堅持要對孫濤進行調整。」

金達見孫守義這麼堅持，也犯不上爲了孫濤跟孫守義翻臉，就說：「那你想對孫濤怎麼調整？」

孫守義笑笑說：「我聽說孫濤一直對被派下去很不滿意，那就把他調回來好了，文史委員會的幹部力量需要充實一下，不妨就讓孫濤同志去負責一下。」

政協的文史委員會是收集地方史料的地方，對官員來說，是個黑得不能再黑的位置了，孫守義讓孫濤去這裏，等於是給孫濤發配邊疆，讓孫濤去養老了。

金達有些不忍心，不過他看了孫守義臉上的表情，想為孫濤求情的話就咽了下去，拍板說：「行，老孫啊，就按照你說的辦吧。」

孫守義見金達答應了，笑笑說：「謝謝您對我的支持。您不要覺得我這麼做很殘忍，而是我如果不這麼做的話，我這個市長的面子真的不知道該往哪裡放了。」

金達心說你倒是滿意了，可是一個人卻就此完結了，不過這也是孫濤自找的，便說：「孫濤那麼做的時候，就應該想到會有今天這種後果了，所以他這是自作自受，怨不得你我的。」

金達和孫守義都很明白這就是政治的殘酷性，政治其實就是一個非輸即贏的遊戲，這在博弈論上被稱為零和博弈。參與博弈的各方，在嚴格競爭下，一方的收益必然意味著另一方的損失，博弈各方的收益和損失相加總和永遠為零。也就是說，自己的幸福是建立在他人的痛苦之上的。

今天如果是孫濤獲勝，那就要換金達和孫守義去面對這個殘酷的局面了。所以金達雖然心中為孫濤感到惋惜，卻仍然同意孫守義的要求。

就在兩人的談笑間，海川政壇上很多人的命運就發生了改變。

談完人事安排，孫守義向金達提起了氮肥廠搬遷後騰出的地塊規劃設想，徵求金達對這個規劃的看法。

金達說：「老孫，你這個規劃設想不錯，我做市長的時候就想這麼做了，只是讓誰來開發，你們市政府有沒有個大致的方向啊？」

孫守義說：「我個人傾向由海川本地的公司來進行開發，只是現在有個問題。」

金達問：「什麼問題啊？」

孫守義說：「海川有實力做這個開發的公司並不多，丁益的天和房產倒是有這個實力，不過他和伍權被舊城改造項目纏住了，根本沒有餘力再來搞這個項目。剩下有實力做這個開發的公司，您也清楚是哪一家了。」

金達笑了笑說：「你想說的是束濤的城邑集團，對吧？」

孫守義點點頭，說：「是的，金書記。」

金達看了一眼孫守義，說：「老孫，那你這個市長對此是怎麼想的啊？」

「這個嘛，」孫守義斟酌了一下詞句，然後說：「我是這麼看的，束濤在前段時間是做了一些不合法的事，不過城邑集團這些年來也為海川經濟做了不少貢獻，對這樣一個公司，似乎也不好抓住他們過往的問題糾纏不放。所以我覺得，他們如果有意願參與這個項目，只要他們依法競標，還是應該給他們機會。不過我還是尊重您的意見，如果您認為這個項目給他們做不合適的話，市政府會再加以考慮的。」

金達知道孫守義已經跟束濤和解了，現在孫守義主動提出由束濤參與氮肥廠項目，肯定是跟束濤事先有了一定的溝通。孫守義徵求他的意見，只是擔心他對此有看法。

金達心中自然不會一點看法都沒有，他沒有忘記束濤前面對他所做的事。但是他是個明智的人，並不想因為個人恩怨而去干涉氮肥廠地塊的開發。

從另一個方面講，金達也希望能讓氮肥廠地塊交由本地公司來開發，如果他刻意將城邑集團排斥在氮肥廠地塊開發之外的話，肯定就會有人出來說他為了個人恩怨打擊本地經濟，這對他的名聲也會有不好的影響。

金達就說：「老孫，我知道你在擔心什麼，不過你這種擔心完全是多餘的，當初本來就不是我主動要去跟束濤爭鬥的，今天我更不會因為當初束濤對我做過一些事情，就利用市委書記的權勢去報復他。你想問我對這件事的態度嗎？我的態度很明確，那就是束濤的城邑集團只要拿出真正實力競爭，不去做一些見不得人的事，我是不會去反對他們參與氮肥廠地塊的開發的，所以這件事你就放手去做吧。」

孫守義趕忙稱讚說：「謝謝您對我們市府工作的理解和支持。本來我還有些擔心的，現在看來，您比我通達多了。我之所以傾向讓城邑集團參與這個項目，完全是發展經濟的考量。接了您的位置後我才明白，市長這副擔子真是很重，各方面都要想到，我真擔心如果到年底交不出一張好的成績單來，無法跟海川市民和您交代。」

金達笑說：「老孫，你不用解釋這麼多，我明白的，如果換在我在你的位置上，對城邑集團這樣的公司我也會多扶持一點的。這種有實力的公司對海川的經濟發展會貢獻很大，不過，當然是在不搗亂的前提下了。」

孫守義聽了說：「您真是大度啊，如果將來城邑集團依法得標的話，我一定會找機會把您今天講的話告訴束濤的，估計他一定會慚愧得無地自容。」

第八章

情婦團隊

傅華說：「外面的傳言很多，甚至有說文欣家組了一個情婦團隊。」
喬玉甄斥說：「那都是以訛傳訛，在這皇城根下，有多少雙眼睛在盯著啊？就是給文欣家一百個膽子，他也不敢明目張膽的組什麼情婦團隊的。」

北京，工人體育館。

場內座無虛席，傅華和鄭莉坐在貴賓室裡。

這是他透過朋友才好不容易搞到的票。放眼望去，周圍幾乎都是跟傅華一樣三十多歲的人，很多年紀看上去比他還大。

這些過了而立之年的人之所以會聚集在這兒，是因爲大家都是來朝聖來的。

急促的前奏響過一陣後，一個頭戴白帽的男人身著緊身T恤走上舞臺，隨著一聲嘶啞的吼叫，男人的手急速的彈奏著吉他，演出正式開始，看臺上人群開始尖叫歡呼起來，而且分貝越來越高，很多人都站了起來。

鄭莉也興奮地握緊了傅華的手，拉著他一起站起來，而且一改平日的矜持，隨著人群尖叫起來。傅華也像鄭莉一樣，跟著臺上的主角唱起了熟悉的旋律。

演唱會結束時，傅華和鄭莉都有些意猶未盡，兩人竟然手拉著手一起出了體育館，頗有幾分學生時期的浪漫感覺。

在車上，他們的心情還沉浸在演唱會上熱烈的氣氛裏，好像又回到了大學時期，身上充滿了激情和熱血。

到了笙篁雅舍，傅華停好車，拉著鄭莉的手一起進了電梯。電梯裏沒有其他的人，門合上後，傅華將鄭莉拉近到身邊，在她耳邊說：「今天晚上我想撒點野。」

鄭莉的臉一下子紅了，輕掐了一下傅華，嬌嗔道：「去，專想歪的。」

看到鄭莉微嗔薄怒的樣子，傅華心神不由一蕩，忍不住把鄭莉往懷裏一樓，就要去吻鄭莉。

恰在這時，傅華的手機響了起來，鄭莉推開了他，說：「去去，先接你的手機去。」

傅華搖搖頭說：「誰這麼不知趣啊，偏在這時候打什麼電話啊！」

話雖這麼說，傅華還是把手機拿了出來，一看號碼，臉色就有點變了，居然是關機好幾天的喬玉甄打來的。

傅華搞不清楚喬玉甄現在是什麼狀況。這些日子，雖然傅華並沒有專門去打聽喬玉甄的消息，但是對與喬玉甄有關的消息都很留意。

最新小道消息的版本是，文欣家之所以會出事，就是因為一個香港來的女老闆和北京本地一家很有實力的公司合作在北京拿了一塊地，文欣家從中提供了很大的幫助。文欣家本來是承諾把這塊地給另外一個商人的，那個商人失望下，就舉報了文欣家。而文欣家之所以會臨陣變卦，據說是因爲那個香港女商人陪文欣家上了床，從而成了文欣家的情人。

鄭莉看傅華猶豫著不接電話，開玩笑說：「怎麼了，爲什麼不接電話啊？不會是你的情人打來的電話吧？」

傅華可不敢讓鄭莉產生這種誤會，趕忙用力的搖搖頭說：「不是的小莉，是我工作認識上的一個朋友，我不敢接這個電話，是因爲她最近出了點事，可能被相關部門採取措施了，我在猶豫接這個電話會不會惹上什麼麻煩。」

鄭莉說：「你還是趕緊接吧，如果是麻煩，你就是不接電話也躲不過去的。」

傅華想想也是，就按下了接通鍵，說了聲：「你好。」

喬玉甄的聲音從電話另一邊傳了過來，說：「幹嘛呢，傅華，爲什麼這麼久才接我的電話啊？」

傅華聽喬玉甄的聲音很輕鬆自然，就放下心來，看來喬玉甄不像是出事的樣子。笑笑說：「也沒幹嘛，我跟老婆剛去看了一場熱血澎湃的演唱會，才到家門口就接到你的電話了。你找我有事啊？」

傅華特別點出他跟老婆看演唱會回來，是告訴喬玉甄，鄭莉就在他旁前，讓喬玉甄說話小心一點。

喬玉甄也是冰雪聰明的人，立即明白傅華的意思，聲音就冷淡了很多，說：「哦，原來是這樣啊，也沒別的事情，就是電話關機了幾天，一打開，看到有幾個電話是你打來的，就想打過來問問你找我幹什麼。」

傅華說：「我打電話給你，是因爲文副市長出事了，我想問問你有沒有什麼事。現在看你的樣子好像是沒事，我就放心了。」

喬玉甄說：「文副市長出了事我知道，這事與我無關。」

傅華不敢跟喬玉甄多談，生怕哪個語氣不對，讓鄭莉心生懷疑就不好了，趕忙說：「你沒事就好，那我掛了。」

傅華掛了電話，對鄭莉解釋道：「這個朋友跟文欣家的關係很好，文欣家出事這幾天，她的電話一直關機，我懷疑她被牽連上。前段時間文欣家去我們駐京辦視察，就是這位朋友引薦的。」

鄭莉看看傅華，說：「你這位朋友是個女人吧？」

傅華老實的點點頭說：「是的，她是香港東創實業的老闆，是跟丁益、伍權他們一起在香港賭船船東呂鑫的飯局上認識的，原本我們之間沒什麼往來，後來南哥和我師兄跟這個女人都有交往，我才跟她慢慢熟悉的。」

鄭莉笑了起來，說：「你不需要跟我說的這麼仔細吧？」

傅華正色說：「一定要的，我很珍惜我們這來之不易的和好局面，可不想讓這個女人再給破壞了。」

鄭莉斜睨了傅華一眼，笑笑說：「切，我也不是那麼小氣的人。」

兩人回到家裏，傅瑾已經睡了。傅華就蠢蠢欲動起來，從後面抱緊了鄭莉，然後吻上鄭莉的玉頸。鄭莉開始還故作矜持的小小推拒了一下，然而沒多久她的身子在傅華懷裏就變得像水一樣的癱軟，體溫也變得炙熱。兩人很快就融爲了一體……

第二天上午，傅華一直忙到中午，正準備收拾一下去吃飯，有人敲門，門一開，喬玉甄就笑咪咪的站在那裏。

傅華看了眼喬玉甄，他隱隱有一種奇怪的感覺，喬玉甄雖然臉上帶著笑容，但是整個人卻透出一種說不出來的疲憊，像是剛經過一場大劫一樣。

傅華意外地說：「你怎麼來了？」

喬玉甄嬌嗔說：「怎麼，不歡迎我？還是擔心我來會讓你被文欣家的事牽連上？」

傅華笑說：「別瞎說，我怎麼會擔心那個呢，如果真的擔心，我就不會打電話給你了。奇怪啊，你爲什麼會關機這麼久啊？」

喬玉甄說：「這有什麼好奇怪的，我這些日子都在香港，回去就大病了一場，醫生說我是操勞過度，身體透支太厲害，需要靜養，逼著我把一些跟外面的聯絡工具都關了。你看不出來嗎？我的身子到現在還很弱呢。」

傅華又看了看喬玉甄，雖然他不是十分相信喬玉甄的說法，怎麼可能恰好在文欣家出事的時候，她就身患重病，中斷了跟外界的聯絡呢？這也太巧了一點吧?!再說喬玉甄雖然顯得疲憊，但她的疲憊看上去更多的是心理上的累，而非身體上的。

不過傅華不想去深究喬玉甄突然音訊皆無的真正原因，傅華始終覺得喬玉甄背景太神秘，過於深入探究這個女人，很容易會惹火燒身。

不管怎麼說，喬玉甄公開的露面了，某種程度上意味著她在這次事件中已經安全脫身，傅華拿這個女人當做朋友，很樂於見到朋友安全歸來。

傅華便說：「那你還不趕緊坐下，可別再累壞了身子。」

喬玉甄坐了下來，看了眼傅華，說：「你聽到文欣家出事，接連給我打了那麼多電話，是在擔心我吧？」

傅華說：「你是我的朋友啊，我不該擔心嗎？因爲時間點太巧合了，你的朋友都會擔心的。」

喬玉甄笑笑說：「我知道，如果我出事，肯定會有很多人爲我擔心的，因爲他們都怕我把他們牽連進去，會因爲我的自身安全打電話來的，只有你一個人。不知道我是要爲此感到高興呢還是感到傷心？」

傅華安慰她說：「其實我覺得這無所謂高興或者傷心，現在的人都很忙，不打電話也許是他們沒時間吧。」

喬玉甄笑了起來，說：「這麼說，你是因爲有時間才給我打那麼多電話了？」

傅華笑笑說：「是吧。」

喬玉甄說：「那就算是吧。誒，昨天我跟你通話時，你老婆在身邊吧？」

傅華點點頭說：「是啊，我們剛看完演唱會回來。」

喬玉甄說：「你老婆沒因爲那麼晚還有女人打電話給你生氣吧？」

傅華說：「沒有，我跟她解釋了我們的關係。」

喬玉甄瞟了傅華一眼，歪著頭問：「解釋了我們的關係？那你一定是告訴她你很像我以前的男朋友了？」

傅華不由得大窘，尷尬的笑笑說：「這種事我當然會回避掉的。」

喬玉甄哈哈大笑說：「你不用那麼窘迫，我跟你開玩笑的。你們倒好興致啊，居然夫妻倆一起去看演唱會。」

傅華笑笑說：「是因爲那個歌手是我們學生時代共同的偶像，所以特別去看他的演唱會。」

喬玉甄語氣有些曖昧的說：「看你神清氣爽的樣子，昨晚你們倆一定度過很美好的時光吧？」

傅華被說的有點尷尬，鎮定地說：「是啊，我們的情緒被帶回到學生時代，那時候的我們，什麼都是很美好的。」

喬玉甄認同地說：「是啊，學生時期是最純真的時候，兩人在一起也是純純的愛，那種感覺真是很美好。傅華，我現在有些嫉妒你老婆了，她能被你這麼去愛護，真是很幸福啊。」

傅華趕忙安慰說：「別這麼說，小喬，你也會找到愛你的人的。」

喬玉甄搖搖頭：「不會了，我現在走的這條路是條不歸路，男人是不會喜歡像我這種一心只顧事業的女人的。」

傅華不知道該怎麼去安慰看上去有些傷感的喬玉甄，他知道就算是他能找到安慰的話語也無濟於事，人生就是這樣，已經錯過的東西你想再找回來，是不太可能的。

疲憊加上傷感，讓喬玉甄顯得十分的落寞，這個在傅華眼中有點不可一世的女人，現在看上去是那麼楚楚可憐，也許這是她隱藏得很深的一面吧，這一面才真的像一個女人，讓男人有種想要去疼惜她的感覺。

見傅華不說話，喬玉甄抬頭看了看傅華，碰到傅華略顯複雜的眼神，詫異的說：「傅華，我怎麼覺得你看我的眼神有點怪怪的啊？」

傅華搖搖頭，說：「小喬，是不是你習慣了男人用仰視你的眼光看你，已經不習慣男人用看女人的眼光看你了？」

喬玉甄笑說：「傅華，你不是喜歡上我了吧？我警告你啊，你千萬不要這麼做，我很危險的。」

傅華也笑了，說：「談不上喜歡你，只是剛才你在我面前露出了小女人的柔弱，讓我忍不住有想要去疼惜你的感覺，可惜你顯露柔弱的時間太短暫了，現在你又露出了女強人那種強悍的表情來。這樣的你，不用警告我，我也會離你遠點的。」

喬玉甄有些感傷地說：「傅華，你不知道我曾經經歷過什麼，如果我不給自己罩上一層堅硬的外殼，恐怕早就完蛋了。哎，可能是我最近遇到的事情太多，加上又病了一場，變得有點多愁善感起來。不談我了，已經中午了，我有點餓了，我們一起去吃飯吧。」

傅華說：「行啊，去我們餐廳吃吧，我讓他們給你弄個紅燜海參，我們海川的海參可是一流的，很補身子。」

喬玉甄笑笑說：「行，就聽你的。」

兩人就去下面的海川風味餐館，除了紅燜海參之外，傅華還點了幾色海鮮菜，喬玉甄吃得津津有味。

飽餐之後，喬玉甄心情顯得好多了，對傅華說：「傅華，我跟你說，你的麻煩可能要來了。」

傅華看喬玉甄的表情不是很嚴肅，便輕鬆地笑笑說：「什麼麻煩啊？」

喬玉甄說：「財政部的朋友告訴我，你們那位女領導已經聯繫上一位很有名氣的教授，最近就要來北京跟那位教授見面。怎麼樣，這下你領教了女人的頑固了吧？」

這事對他來說倒真的算是麻煩，曲志霞要來讀在職博士，肯定會頻繁的出入駐京辦的，傅華說：「領教到是領教了，不過我並不擔心，她也不能拿我怎麼樣的。誒，她找了誰啊？」

喬玉甄說：「吳傾，北大工商管理學院的院長。怎麼樣，這個層次不比寧則差吧？」

傅華知道這個人，在國內經濟界算是一個有名的人物。傅華評論說：「名氣是差不多，不過水準就差很多了。」

喬玉甄說：「你的意思是，這個吳傾虛有其名？」

傅華說：「也不能這麼說，這個吳傾水準還是有一點的，他能有今天的名氣也不是憑空得來的。只是你要知道，北大有名氣的教授分兩種，一種是踏踏實實做學問的，就像寧則和我的老師張凡，他們的名氣是建立在他們多年來對經濟學研究的專精上，他們能成為學界的扛鼎人物是實至名歸的。」

喬玉甄聽了說：「你是說吳傾不是這樣的人了？」

傅華說：「吳傾當然不是這種人了。他這幾年能名氣大增，並不是說他在學術研究上有什麼特別的建樹，而是他善於作秀，常常會發表一些語不驚人死不休的言論出來，迎合了大眾的心理。所以他是像明星一樣的教授，甚至還有很多忠實粉絲為他成立了粉絲團呢。」

喬玉甄笑說：「這樣不好嗎？這不是說明他很有人格魅力嗎？」

傅華不以為然地說：「做學問的人是不崇尚這種浮華的，可能是我受張凡教授的影響，很看不慣這種為了迎合大眾味口而嘩眾取寵的人。」

「不過這種人正符合曲志霞的口味啊。」喬玉甄笑說。

傅華說：「這倒是，曲副市長讀在職博士只是為了仕途，並不是真要做學問。還有，曲副市長某些方面也符合吳傾的口味。」

喬玉甄不解地說：「怎麼說？」

傅華忽然想到他要說的話有點不太適合他的身分，就笑笑說：「我今天話有點多了，不說了，吃菜，吃菜。」

喬玉甄不滿地說：「別這樣啊，把人的好奇心給勾了起來，卻掉頭說要吃菜了，你這樣很殘忍的，知道嗎？」

傅華解釋說：「不是我跟你賣關子，而是這個話題以我的身分是不應該談論的。」

喬玉甄反駁說：「傅華，你以為我們在幹什麼啊？做官方談話嗎？你不應該說，那我告訴你那些曲志霞的事就是應該說的嗎？」

傅華正色說：「你跟我與曲副市長的關係不同，你是她的朋友，我是她的下屬。有些話你可以作為趣事來講，我可不行。」

喬玉甄臉沉了下來，說：「你這個意思就是不相信我了，你擔心我去曲志霞面前告你的狀，是吧？」

傅華發現這件事越解釋越解釋不清楚，只好說：「好，我跟你說就是了。」

喬玉甄卻說：「你不用遮遮掩掩了，我知道你想說的是哪方面的事了。」

「你知道？」傅華納悶的說：「你瞭解吳傾這個人嗎？」

喬玉甄笑了起來，說：「我還用去瞭解吳傾這個人幹什麼啊，一個女學生跟一個男教授，你又不方便說的，除了男女間的那點事，還能有別的事情嗎？」

傅華點點頭說：「小喬，你真聰明，一猜就中。」

喬玉甄詫異地說：「我是亂矇的，還真的是啊？不過你這位上司可不是什麼大美女，又有點年紀，我想不出吳傾會對她感興趣的理由來。」

傅華笑了起來，說：「跟你比，她當然是姿色平常了，但是在讀博士的女人當中，曲副市長雖然不能算是上上之選，起碼也算是中上姿色。而且吳傾對女學生有一種特殊的癖好。」

「什麼？」喬玉甄驚訝的說：「他喜歡對自己的女學生下手？他是教授耶，師道尊嚴何在啊？」

傅華說：「你把現在的大學想像的太好了，指導教授染指女學生的事比比皆是，現在的大學已經不是以前那種純淨的象牙塔了，女學生也是從這種不當的交易中獲利的一方。」

喬玉甄說：「有意思啊，原來曲志霞費盡心思找到的竟然是這樣一個貨色。」

傅華說：「我在念書的時候，吳傾剛在北大做教授，那時候就有許多他跟女學生的風流韻事傳出來。而且讓人大掉眼鏡的是，他下手的並不是什麼天姿國色，都是長相很平凡的女生，令人感到很不可思議。」

喬玉甄笑說：「傅華，如果你以為做情婦的女人都該是天姿國色、年輕漂亮的，那你就大錯特錯了。很多男人甚至是很有成就的男人，他們的情婦看上去都是那種長相很平凡的女人。」

「不會吧？」傅華疑惑的說：「找情婦要冒很大的風險，為什麼不找個漂亮年輕的呢？」

喬玉甄說：「你這是以一個男人的心理在揣測那些找情婦的官員們的心理，你忽略了一個最基本的東西，那就是他們先是一名官員，其次才是一名男人，年輕漂亮的女人雖然賞心悅目，但很難掌控，而且越是年輕的女人，野心和胃口越是很大，他們找情婦是為了享受，可不是為了找麻煩的。我說的都是事實，你可別不信，眼前就有一個現成的例子，文欣家這次出事牽涉出來的情婦，就是一個很不起眼的女人。」

傅華愣住了，驚訝的說：「你說文欣家的情婦是位四十多歲很不起眼的女人，是真的嗎？」

喬玉甄笑說：「你不要用這種眼神來看我，我知道你在想什麼，你一定是以爲我是文欣家的情婦，對吧？」

傅華不好意思地說：「我就是因爲這個才擔心你會出事，才給你打了那麼多通電話。」

喬玉甄笑說：「你真的搞錯了，我跟文欣家沒那種關係。據我得到的消息，文欣家的情婦是個中年婦女，相貌還真不怎樣，她開了一家公司幫文欣家做白手套，這次他出事，是有人氣憤項目被奪，所以向中紀委揭發了文欣家和情婦的這種仲介關係。」

傅華就有點歉意的笑了笑，說：「對不起啊，是我判斷失誤。」

喬玉甄不介意地說：「這也不怪你，我跟文欣家的關係很難不讓人誤會的。再說，我也因此才知道我在你心目中還有著一定的地位。」

傅華趕緊轉了話題，說：「真沒想到文欣家竟然會找一個四十多歲的女人做情婦，外面的傳言很多，甚至有說文欣家組了一個情婦團隊。」

喬玉甄斥說：「那都是以訛傳訛，你也不想想，在這皇城根下，有多少雙眼睛在盯著官員們啊？就是給文欣家一百個膽子，他也不敢明目張膽的組什麼情婦團隊的。」

這倒也是，在北京這個藏龍臥虎的地方，再呼風喚雨的人物也不得不小心做人，以免惹禍上身，文欣家能做到副市長，肯定不會這麼愚蠢，如果組什麼情婦團隊那麼招搖，豈不是等著被人查他嗎？

傅華點點頭說：「你說的有道理，看來外面的那些說法根本就是謠言。」

喬玉甄笑笑說：「自然是謠言了，一個明智的官員跟女人扯上聯繫的時候，都是儘量低調的。只有傻瓜才會去招惹那些名女人的。有時間你警告一下你那個大師兄吧，老老實實找個普通的女人娶了不好嗎？幹嘛要去招惹一些女明星啊？女明星太醒目了，想要相關部門不去注意他都難。」

看來賈昊也是因為常跟女明星往來，才被相關部門盯上的。

文巧之後，傅華陸續又聽到幾個女明星的名字跟他牽扯在一起過，而且賈昊仍沒把他對京劇的愛好放下來，不時有一些公演的京劇中會出現賈昊的名字，甚至擔任什麼藝術總監。儼然成了京劇界很響亮的名字，有報紙雜誌就此專門給賈昊做過訪問，洋洋灑灑幾大頁，很是吹捧了賈昊一番，搞得賈昊飄飄然，都不知道自己有多少斤兩了。

傅華提醒過賈昊幾次，不過賈昊已經昏了頭了，大大的不以為然，還說他愛好藝術有錯嗎？

愛好藝術是沒錯的，只是賈昊這個愛好藝術的方式很成問題。他的京劇水準也就是票友級別，甚至連專業演員都算不上，這種人哪有資格做什麼藝術總監啊?!

這完全是有些商人想通過他從銀行謀取好處，才出錢幫他排演京劇的。在現在這個傳統戲劇市場極爲不景氣的時刻，有錢的就是大爺，別說做藝術總監了，做別的更厲害的角色他們也都是願意幹的。

傅華知道他無法勸賈昊回頭，無奈地說：「小喬，你不懂我師兄這個人，他身上有豐富的藝術細胞，浪漫的很，可不是我們這些人能夠勸得住的。」

喬玉甄笑說：「那你師兄是入錯行了，他既然那麼浪漫，爲什麼不去玩藝術呢？當官這一行可容不得半點的浪漫的。」

傅華笑笑說：「沒辦法，他就是這麼一種性格。」

喬玉甄搖搖頭說：「其實你師兄是個很聰明的人，但越是聰明的人犯起糊塗來，越是讓人感覺不可思議。當初讓他離開證監會，其實是有關方面對他的一種愛護，希望他能記取教訓，做事做人安分一些。但他不但沒有吸取教訓，還有些變本加厲了，我聽說他跟那個叫于立的煤老闆打得火熱，在搞什麼藝術品信託基金，玩弄金融方面的小把戲。他覺得他很聰明，但這世界上比他聰明的人太多了，他玩的那點小花樣早就被人看穿了。」

聽喬玉甄這麼說，傅華心裏有一種恐懼的感覺，看著喬玉甄道：「小喬，你究竟是什麼人啊？怎麼好像沒有你不知道的事，似乎我師兄的一舉一動都在你的掌握之中。」

喬玉甄開玩笑說：「跟你說我很危險的，怎麼，你害怕了？」

「是有點恐懼，你怎麼知道這麼多的？這些可不是一般人能夠知道的，會不會你那裏也有我的一本帳啊？」傅華打趣說。

喬玉甄呵呵笑了起來，說：「傅華，你也太瞧得起你自己了。說實話，你的層級還不夠資格。你不用怕我，我知道這些，並不是我有多厲害。而是這次文欣家出事，我跟某些領導接觸過，恰巧聊到過這幾個人的情況，所以知道的。」

吃完飯，喬玉甄就離開了，傅華始終沒有搞清楚這段時間她爲什麼會關機，這個女人對他來說是個謎團。不過傅華也不想去探究她的根底，覺得最好是對她敬而遠之，就像她自己所說的，她是很危險的。

海川。

金達主持召開了市委常委會，在會議上，常委們一致通過了對落入詐騙陷阱的幾位領導採取雙規措施。

這件事沒什麼可以反對的地方，事實很清楚，這些局級領導都存在著生活作風問題。於是三人被移交到司法部門，等待他們的將是司法審判。

隨著三位局級領導的被抓，詐騙犯王斌斌也被檢察院提起公訴，對孫守義來說，這是簡訊詐騙事件的一個終結，他的心也因此終於落到實處，於是，他再次在深夜出現在劉麗華的香閨中。

這一夜兩人都沒有心理的壓力，孫守義想好好補償劉麗華這段時間對她的冷淡，因此使盡了渾身解數，劉麗華也因爲那晚孫守義不惜冒著暴露身分的危險送她回家，感覺到孫守義對她的情意，故而也極力的去逢迎配合孫守義，兩人在這晚達到了最酣暢淋漓的享受。

歡好過後，劉麗華依偎著孫守義，嬌喘吁吁的說：「守義，只要你不嫌棄我，我願意就這麼跟著你一輩子。」

孫守義心知這是劉麗華情動下所說的情話而已，他和劉麗華不過是露水姻緣，眼前這一刻兩人都是快樂的，這就足夠了。

孫守義沒說什麼，摟緊了劉麗華還十分火熱的身體，親吻著劉麗華筆挺的鼻子，劉麗華嘴唇湊過來，香舌伸進孫守義的嘴裏，跟孫守義舌吻起來。

孫守義有些躍躍欲試，正想著要跟劉麗華再戰一次，手機突然響了起來。

此刻是深夜，又在密閉的空間裏，手機鈴聲就顯得格外的刺耳，孫守義不由得罵了一句：「媽的，哪個混蛋這時候打電話來啊？」

劉麗華伸手幫孫守義把電話拿了過來，一看上面顯示的名字，劉麗華就說：「是雲山縣縣委書記孫濤打來的，你接不接？」

孫守義呆了一下，說：「孫濤？他這時候打電話來幹什麼啊？」

說話間，孫守義接過電話，心裏猜測著孫濤找他是什麼事，難道孫濤知道幹部調整的事了？反正這件事孫濤遲早會知道，他沒有什麼好怕孫濤的地方，就按下了接通鍵。

一個男人的吼聲在孫守義耳邊炸響起來：「孫守義，你個王八蛋，你竟然在老子背後搞鬼，想把老子打發去政協，你真不是個東西。」

果然是孫濤的問罪電話，聽上去，孫濤像是喝醉了的樣子，孫守義的耳朵被吼得生痛，趕忙把手機拿遠了一點，平靜地說：「孫濤同志，我不明白你在說什麼，你喝多了，趕緊去休息吧，不要再胡言亂語了。」

孫濤繼續吼道：「你個王八蛋，這時候你還在裝糊塗，你以爲我不知道嗎？都是你出的餿主意，想讓我去文史委員會，我在官場上打拼半輩子才混了個縣委書記，你一句話就把我的前途給終結了，你還是個人嗎？」

孫守義依舊不動如山，此刻他是個勝利者，有足夠的度量去接受失敗者的謾罵，失敗者罵得越是厲害，越說明他們的氣急敗壞；作爲勝利者，他十分享受這一刻。

孫守義勸說：「孫濤同志，你真是喝多了，這樣吧，有什麼話，等明天你清醒了我們再談好嗎？你趕緊找地方休息吧。」

孫濤叫道：「我沒喝多，孫守義你個王八蛋，這麼晚你跑到哪個騷娘們的床上去了？

趕緊給我滾回來給我當面說清楚。」

孫守義臉上的笑容僵住了，問道：「孫濤，你在哪裡？」

孫濤吼說：「我還能在哪裡啊，我就在你的住處門外，你個混蛋不知道去哪兒鬼混去了，害得我拍了半天門都沒反應。」

孫守義臉上的笑容沒有了，他是偷著從住處溜出來跟劉麗華幽會的，此刻孫濤在他門前大吼大叫，一定會引起旁邊住戶的注意，就會發現他不在家的事。而他的鄰居就是金達，一定會懷疑他去了哪裡。

孫守義心裏罵了句混蛋，心知他必須趕緊回到住處才行，就對孫濤說：「孫濤，你別吼了，別影響別人休息，你在那等著，我馬上就回去。」

孫守義立馬掛了電話，抓起衣服穿上，一面對劉麗華說：「孫濤在我住處門口，我得馬上回去，否則就會被人發現我不在住處了。」

劉麗華點點頭，趕緊幫孫守義把衣服穿好。孫守義親了劉麗華臉龐一下，就輕輕的開了門，看看外面的走廊裏沒人，快速閃身到馬路上攔了輛計程車，直奔自己的住處而去。

很快到了他的住處，孫守義就看到有人從門裏探頭出來看熱鬧，金達則是已從家裏出來，正在勸孫濤回去休息。不過不管金達說什麼，孫濤都是說：「我不管，我一定要找到孫守義這個王八蛋才行。」

孫守義就走了過去，說：「我這個王八蛋來了，孫濤，你想怎麼樣吧？」

金達看到孫守義，擔心孫濤對孫守義不利，就往前一步，擋在孫守義和孫濤之間，問道：「老孫，這麼晚你去哪裡了？孫濤同志喝多了，在這兒鬧了好一會。」

孫守義找了個藉口說：「我覺得家裏悶，就出去散了會兒步。您讓開，我倒想看看這個醉漢他想幹什麼。」

這時，孫濤滿身酒氣地將金達拉開，嘴裏嘟囔著說：「金書記，您別管這件事，我要跟這個王八蛋說說理，憑什麼他要拿掉我的縣委書記，海川市可不是他孫守義的天下，他想爲所欲爲，門都沒有。」

孫守義衝著孫濤道：「孫濤，你嘴巴放尊重點，別借酒裝瘋。你剛才說什麼，說我把你的縣委書記給拿掉？這是誰告訴你的？你有種的話，說出他的名字來。金書記也在這裏，你把人名說出來，也讓他知道知道，海川市還有第二個可以做出人事安排的人在。」

「你！」孫濤指著孫守義，一下子語結了。

他雖然看似醉醺醺的樣子，其實意識還是清楚的，他被調去文史委員會的人事安排還沒有正式公布，如果他說出告訴他消息的那個人的名字，就等於是出賣了那個人，因而當場愣住。

孫守義看孫濤張口結舌的樣子，冷笑一聲說：「說不出來了吧？金書記在這裏呢，你

問他好了，什麼時候有這個人事安排了？連我們都不知道的事，你又是怎麼知道的？」

「孫守義，你別狡辯了，」孫濤不服地說：「你敢跟我保證一定不會有這個人事安排嗎？」

「保證？」孫守義嗤了聲說：「孫濤，你是不是真的喝多了？我又不能代表組織，我拿什麼跟你保證啊？」

這時，負責大樓保安的警衛趕了來，看了看金達，請示金達要怎麼辦？金達便吩咐說：「孫濤同志喝多了，你們把他送回去吧。」

孫濤卻不肯就此罷手，仍然耍賴地說：「我不回去，我要跟孫守義這個王八蛋說清楚。」

金達也被搞火了，衝著孫濤吼道：「孫濤，你別給臉不要臉，喝了二兩貓尿就不知道自己是誰了，你別忘了，你還是一個縣委書記。你再不回家的話，你信不信我現在就找警察來，把你強制拘留，關到酒醒啊？」

金達在下屬面前一向是溫文爾雅的樣子，像現在這種暴怒的樣子，連孫守義都是第一次見到。孫濤被震住了，不敢再嘟囔什麼，就隨著警衛離開了。

孫守義趕忙勸金達說：「您消消火吧，肯定是有人攛掇這傢伙來鬧的。」

金達嘆了口氣，說：「相關部門的保密制度怎麼這麼差呢，還沒上常委會研究呢，他竟然就知道了。」

孫守義平靜地說：「這有什麼好奇怪的，有人肯定不喜歡這個結果，孫濤知道了來鬧也就很正常了。」

金達看了看孫守義說：「老孫，你看孫濤反應這麼強烈，關於他的調整是不是換個方案啊？」

孫守義無可無不可地說：「換不換，您可以自行決定，不過，我要提醒您，一旦開了這個頭，您就要有心理準備，恐怕今後誰對安排不滿意了，都會找來鬧的。」

孫守義說的不無道理，金達想想這個頭的確是不能開。萬一開了這個頭，後患無窮。

孫濤這麼一鬧，實際上是把相關各方都逼到了牆角，任何一方的讓步，都關係到他們未來在海川政壇上的地位。這不僅僅是關乎孫守義的面子，也關乎這他這個市委書記和市委的權威，如果他和孫守義退縮的話，那就是向對手示弱了，今後對手就會抓住他們的這個弱點，對他們展開攻擊。

這對他和孫守義來說，都不是一個好的選擇。因此雖然金達有些同情孫濤，但仍然決定還是將孫濤調職，打發他去政協養老。

金達就不再猶豫，說：「那就還是按照我們原先說定的去辦吧。行了，老孫，快回去休息吧。」

金達回去住處，孫守義也回到自己的屋裏。

躺在床上的孫守義被孫濤這麼一鬧，一點睏意都沒有了，他睜著眼睛看著天花板，心裏清楚孫濤這件事絕不會到此爲止，對手這是在下一步先手棋，想要通過孫濤這麼一鬧，好逼著金達改變這個人事安排。

對手之所以會這麼做，是因爲瞭解金達的個性有其善良的一面。這一手玩得算是很高明，剛才金達就差一點按照對手的思路去做了。

但是孫守義絕不能允許金達改變商定的安排，如果金達改變了安排，那就把他置於一個十分尷尬的境地了。那會顯示出一些不好的安排都是出於他孫守義之手；另一方面，也是在說他並沒有得到金達全面的支持。幸好金達堅持了原來的方案，才讓他避免遭受到正式成爲市長以來的第一次危機。

但是避免了這次的危機，並不代表他就可以安枕無憂。隨著人事安排形成決議過程的展開，他還要做很多的工作。最重要的工作就是一定要保證金達在過程中不要產生任何的動搖，他們必須合作無間才能將這個決定推行下去。

第九章

穩操勝券

束濤說：「市長，您在這件事情上不要太大意。
海川市沒有公司能跟我爭，不代表這個項目我就穩操勝券了。」
孫守義愣了一下，說：「束董，你什麼意思啊？難道還有別人在打這個地塊的主意？」

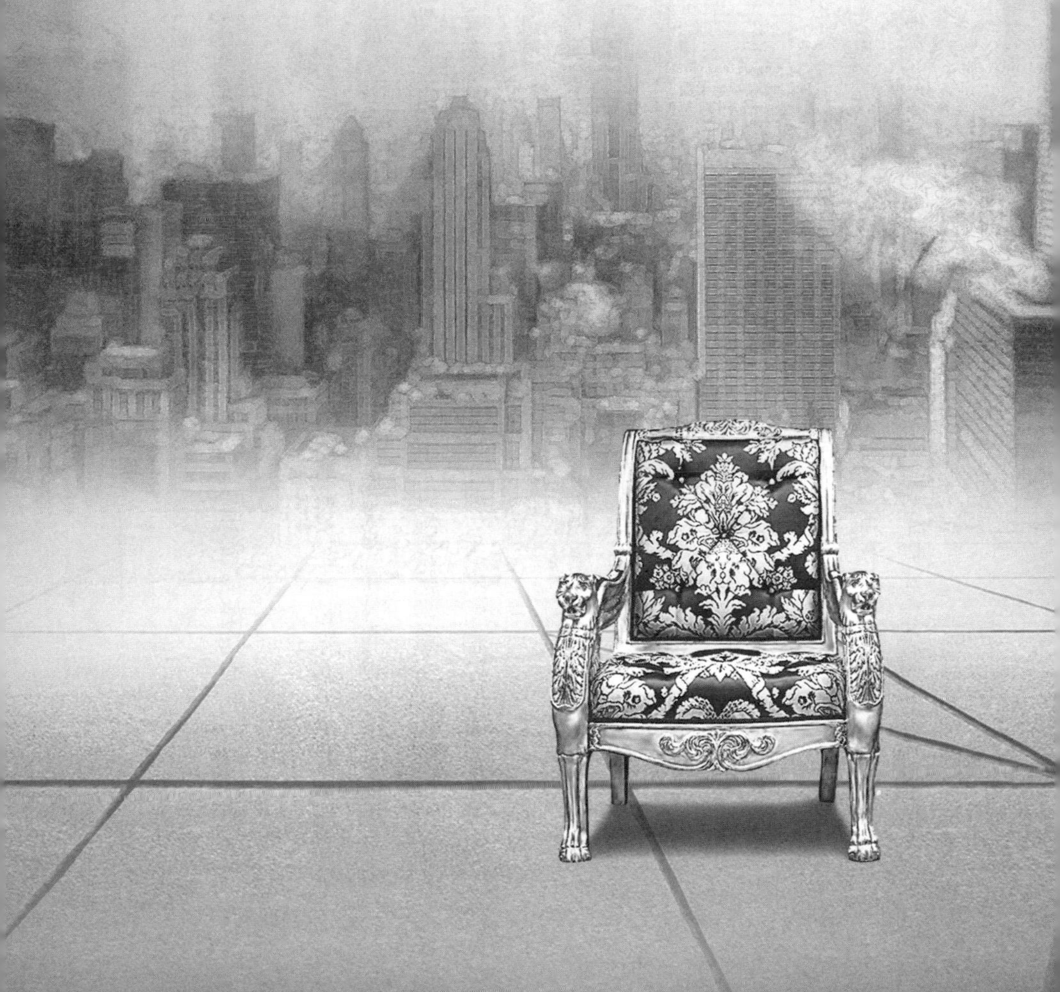

第二天上午，金達主持召開了書記辦公會。

孫守義對孫濤昨晚找上門鬧事，還是餘怒未息，認爲有必要對孫濤昨晚的行爲給與一定的處分，就提出說道：

「金書記，我有件事想要說一下。昨晚的情況您也看到了，孫濤喝醉上門鬧事，我很納悶，孫濤的人事安排需要市委常委會開會才能決定，現在常委會根本就沒商議過這件事，他是從哪裏得到的消息？是什麼人把還在醞釀的人事安排洩露給當事人？我覺得這事不能就這樣完了，必須要嚴查到底，查出是誰在背後興風作浪，否則所謂的保密紀律就形同虛設了。」

金達沒想到孫守義會緊抓著這件事不放，便勸說：「老孫啊，昨天孫濤是喝多了，你就別跟他一般見識了。再說，這種事怎麼去查啊？就算要查，去查誰啊？」

于捷也在一旁附和說：「是啊，孫市長，這種事怎麼查啊？難不成孫濤會告訴你是誰告訴他的嗎？不可能的。」

孫守義自然知道這種事基本上就是無頭公案，孫守義的目的只是藉此帶出處分孫濤的事。

孫守義說：「好吧，就算孫濤不會說出是誰告訴他的，他喝醉酒鬧事也必須給予相應的處分。一個縣委書記喝醉酒跑到市長門前叫罵，這樣基層幹部同志會怎麼想我們海川市的領導班子？傳出去，省委又會怎麼評價我們這些做領導幹部的啊？我們可是有組織有紀律的，絕不能允許這種借酒裝瘋、攻擊組織決定的行爲發生。因此，我主張市委需要有一個明確的態度出來。」

孫守義把孫濤的行爲定位爲是攻擊組織的決定，這個帽子扣得就有點大了。如果這個說法成立的話，那孫濤馬上就會被免職。

于捷替孫濤緩頰說：「攻擊組織決定，沒這麼嚴重吧？我覺得這只是一個酒後失控的行爲。孫市長，我看算了吧，大家都清楚市委確實是在醞釀調動孫濤的職務，他心裏有些不平衡也是很正常的，還是不要去跟他計較了。」

孫守義看了一眼于捷，注意到于捷的上眼皮有輕微的抽搐，心裏一下子恍然了，原來于捷現在也緊張得很啊。

孫守義覺得應該趁于捷緊張的時刻，對他窮追猛打才行，讓于捷明白他不是好惹的，於是就不客氣地說：「于副書記，我不懂得你這是什麼意思，如果你覺得市委調動孫濤的職務是錯誤的，那你可以提出你認爲錯誤的理由，不用在這裏偷著替他覺得委屈。」

于捷臉紅了一下，說：「不是的，孫市長，我不是替他抱不平，而是覺得誰遇到那種情況，心裏都會有些情緒的，是不是也體諒孫濤同志一下？」

孫守義冷笑一聲，說：「體諒？于副書記，你的意思是我們市委不體諒孫濤同志嗎？

我覺得你這個想法可有點不對頭啊。」

于捷臉色難看地說：「孫市長，我們就事論事好不好，不要動不動就給人扣大帽子。」

孫守義搖搖頭說：「我沒給你扣大帽子，你承認不承認市委醞釀的對孫濤同志的安排，是平級調動？」

于捷說：「這我承認，不過雖然是平級調動，職務的性質卻差別很大。」

「你這麼說我可不敢苟同，難道你認為組織上安排的職務還有高低貴賤之分嗎？」孫守義質問說。

于捷一下子語塞了，雖然職務確實有高低貴賤之分，但是在官方說法中，職務應該都是平等的，每一個職務都是同等的為人民服務。

即使明知這只是句空話，于捷也不能否認這一點，孫守義如果真要上綱上線的話，他依然是講不贏的。

孫守義接著說道：「按照我的理解，作一名領導幹部，組織讓我們做什麼就要做什麼，幹部就是一塊磚，組織上想把你這塊磚放到哪裡，你就應該在哪裡。這次孫濤是平級調動，沒有給他任何處分，這有什麼不體諒他的？什麼時候我們做幹部的還可以跟組織上講條件，還可以喝醉酒去找上級領導鬧事？如果于副書記說孫濤可以這樣做的話，那我可真要去跟省委反應反應這件事了。」

孫濤的行爲確實是有問題的，鬧到省委，吃虧的只會是他和孫濤，于捷就沒好氣的說：「好了，孫市長，你想怎麼辦就怎麼辦吧，找你鬧事的人是孫濤，不用把氣撒在我身上。」

孫守義毫不示弱的說：「于副書記，怎麼說了半天你就是不明白呢？這不是我想怎麼辦就怎麼辦的問題，而是孫濤這種無組織無紀律的行爲必須得到懲罰的問題。」

金達看兩人越說越激動，聲音也越來越大，趕忙調解說：「好了，兩位，你們都不要說了，我來說幾句吧。總體上看，我覺得老孫講的是有道理的，孫濤同志的行爲很惡劣，應該加以處分。不過他昨晚也確實是喝多了，情有可原。這樣吧，我建議給予孫濤通報批評，並責令他在三日內向市委作出書面檢討，你們看可以嗎？」

孫守義聽了，知道金達這是在兩面做好人，同意他處分孫濤的要求，是在向他示好；另一方面，通報批評、書面檢討是極爲輕微的處分，則是向于捷示好。

孫守義心中很不滿意，但畢竟孫濤的縣委書記職務馬上就要被免除，孫守義也不好太咄咄逼人，就冷著臉說：「我沒意見。」

于捷也就見好就收地說：「我也沒意見，就按金書記的辦法吧。」

金達就宣布會議結束，孫守義和于捷站起來要離開，金達喊住了孫守義，讓孫守義留下來。于捷看了兩人一眼，沒說什麼，拿起東西就離開了。

金達看著還站著的孫守義，指了指座位，說：「老孫啊，先坐下來說話。」

孫守義坐下來，很不滿的說：「金書記，您看于副書記這個態度，好像是處分孫濤，就動了他的什麼似的，看來昨晚孫濤鬧事，肯定是他攛掇的。」

金達笑笑說：「老孫啊，我也知道老于這麼做不應該，但是你也不要把他逼得太緊，留點餘地大家才會都好做。老于在海川做副書記也有些日子，在海川的幹部隊伍當中有著一定的影響，省裏也有領導很支持他。要是跟他鬧僵了，你和我的工作都不好開展的。你明白我的意思嗎？」

金達這麼說，孫守義就明白他是太急躁了，確實是，省市兩級都有支持于捷的人脈，真要跟他鬧僵了，自己也無法將他從海川趕走的，那以後面對面的工作起來，大家都會很尷尬。

孫守義就點點頭說：「我明白您的意思了，我剛才是有點太衝動了，對不起，我以後會注意克制自己的。」

金達笑笑說：「不用說什麼對不起了，說實話，被人指著鼻子罵王八蛋，換了是我，我也會很生氣的。只是我們倆都是要對海川市的工作負責的，應該把境界放得更高一點，你說是吧？」

孫守義心服地說：「是的，金書記，這件事情幸好有您在掌舵，不然我真的會一時衝動，做出什麼不明智的事情來呢。」

從金達那裏出來，孫守義回到自己的辦公室，一進門，就接到束濤的電話。束濤跟他閒扯了幾句之後，就直奔主題，問孫守義市政府有沒有開始研究氮肥廠地塊的開發事宜。

孫守義忍不住說：「束董啊，你這不是揣著明白裝糊塗嗎？市政府這邊的消息恐怕你比我還靈通吧？再來問我是不是多此一舉啊？怎麼，沉不住氣了？」

束濤不好意思地說：「孫市長您不跟我提這個還好，您一提，我心裏自然就有了塊心事，自然就記掛上了，想按捺都按捺不住了。」

孫守義笑笑說：「有句話叫心急吃不了熱豆腐，束董，你知道要想確保你能把這個項目拿下來，我必須先把某人的工作做通了才行，不然的話，我跟你談得好好的，某人如果說這個項目不能交給你去做，那時候事情不就擰了嗎？」

束濤知道孫守義說的某人，指的是市委書記金達，便問：「這麼說，某人到現在還是對我有很大的看法？」

孫守義說：「這你就誤會某人了，他其實比你想的大度很多。我跟他溝通過了，只要你不在項目中做些不應該的，某人倒並不反對你來做這個項目。」

「真的?!」束濤不敢相信的說：「某人真的是這麼說的？」

孫守義說：「當然是真的了，其實他跟我一樣明白，知道只有大家共同努力，才能將海川市建設的更好。」

束濤聽了，說：「如果某人真的這麼說了，那有機會我還真是應該跟他好好交流交流了。」

孫守義笑說：「你跟他多交流是應該的，他那個人實際上很好打交道。只是你不要再動不動就做出塞卡片的動作就行，他這方面跟我一樣，是不喜歡玩這一套的。」

束濤笑笑說：「市長放心好了，我不會不知趣的。」

孫守義說：「那就行了，好了，你安心的等著吧，我想在這個項目上，海川市沒有公司能爭過你的，你如果等不及，就先把競標方案準備好，等市政府這邊研究決定了要怎麼開發氮肥廠這塊地，我馬上就通知你，這總行了吧？」

束濤滿意地說：「那我先謝謝市長了。不過市長，您在這件事情上也不要太大意。海川市沒有公司能跟我爭，不代表這個項目我就穩操勝券了。」

孫守義愣了一下，說：「束董，你什麼意思啊？難道還有別人在打這個地塊的主意？」

束濤說：「是的，市長，我打這個電話給您，就是要跟您談這件事，我得到消息，省裏有公司已經盯上這個項目了。」

孫守義不以爲然的說：「束董，我覺得你這個擔心有點多餘了，有我和某人，我就不相信還有人能夠將項目從你的手裏奪走，你又不是不懂這一行的操作方式。」

束濤說：「這我懂，不過我聽到消息，對方護航的人也是很有能力的。」

孫守義不禁問說：「對方護航的人是誰啊？」

束濤說：「我得到的消息說，對方跟曲志霞副市長關係很好，曲副市長很可能會幫他們出面。」

「曲志霞？」孫守義驚訝的說：「你肯定對方跟曲志霞關係不錯？」

束濤堅定地說：「我肯定，省裏那家公司曾經做過省財政廳的項目，當時負責項目的就是曲副市長，雙方也就是在那時候建立起關係來的。」

孫守義開始覺得事情不是他原來設想的那麼簡單了，曲志霞這個女人扯進來，馬上讓牽涉進這件事的各方人物關係變得錯綜複雜起來。

雖然曲志霞來海川後，並沒有表現出跟金達有多親密，但是孫守義並沒有忘記曲志霞跟金達曾是同事，而曲志霞會來海川又是呂紀的安排，呂紀這麼做隱隱有讓曲志霞輔佐金達的意圖，所以曲志霞跟金達的關係有一定的基礎。如果呂紀再參與進來，那他根本就沒辦法對抗的。

想不到曲志霞這個女人還真不是一盞省油的燈，在海川還立足未穩，手就已經伸進了有油水的項目中了。自己還沒拿她當回事呢，現在看來，是犯了輕敵的錯誤了。

孫守義不禁說道：「想不到我們的曲副市長手還挺快的啊。束董，這事有點複雜了啊。」

束濤也說：「是啊，這個女人能爬到副市長這個位置上，肯定不是個簡單的人物，市長，您可要小心應付啊。」

孫守義笑笑說：「我會小心的，不過你也不要太擔心，這事她想玩花樣，也不是那麼容易的。」

束濤擔心地說：「現在最關鍵的就是某人的態度了，我聽說她跟某人在省政府做過很長一段時間的同事，如果某人倒向了她，市長啊，氮肥廠這塊地我們就不要指望了啊。」

孫守義安撫說：「某人雖然個性偏弱一點，但是說出來的話卻不會輕易咽回去的。好在我事先跟他做好了鋪墊。曲志霞再想打他的主意就會很難了。希望她能知難而退，否則我也不會對她客氣的。」

如果孫守義沒對束濤作出承諾，或者沒跟金達溝通過這件事的話，曲志霞要插手，他是不會去計較的。但是他已經做出了承諾，跟金達也溝通過，他就沒有了退縮的餘地，必須讓這個項目確實被束濤拿走，否則他這個市長馬上就會顏面掃地了。

這就跟他整治孫濤的性質是一樣的，都是為了政治上的尊嚴而戰，孫守義曉得，除

非是他不可抗拒的力量出現，否則他必須堅持到底；不但要堅持到底，還要取得最後的勝利。

束濤便笑笑說：「那行，我就等著市長您的好消息了。」

束濤掛了電話，孫守義開始沉思起來，要怎麼讓曲志霞知難而退呢？最好是能在競標方案中設定某些前置條件，利用這些條件，將曲志霞帶來的公司排除在外。

像這種設置前置條件排除競爭對手的方式，也是時下很常見的一種競標手法。利用前置條件，業主很容易能將他們不想要的競標方排除在競標外。比方說這個氮肥廠地塊，如果在競標出讓之前，就先限定條件，說只有海川的公司才能參與競標，那樣就把海川市以外的企業排擠在外了。那些公司就算實力再強，也無法得標。

不過要玩這種前置條件排除法，需要一定的技巧，這個條件不好設置的太明顯，那樣一下子就被人看穿了。並且還有一個曲志霞在參與制定競標規則呢，想要瞞過她也是不太可能的。

孫守義覺得似乎有必要將這個地塊的開發討論往後拖一拖，現在曲志霞要加入戰團，貿然啓動這個項目就有些不智了，一定要事先做好完整的規劃才能正式啓動。

孫守義這邊正在密謀曲志霞的事呢，曲志霞卻找上門來了。

孫守義看了一眼曲志霞，笑笑說：「曲副市長，找我有事啊？」

曲志霞說：「是的，市長，有件事我想跟您請示一下。」

孫守義心說：你的動作還真快啊，束濤剛剛才說了她想染指氮肥廠地塊的事，就馬上找了過來。幸好他已經有了應對的準備，便說：「不要說請示這麼客氣，什麼事情說就是了。」

曲志霞說：「是這樣子，最近幾天我想找個時間再去一趟北京。」

孫守義愣了一下，原來她匆忙跑來不是因爲氮肥廠地塊的事啊。這個女人好像不久前才去過北京，難道那邊她有什麼放不下的事嗎？

孫守義隨口問了問：「你去北京有什麼特別的事嗎？」

曲志霞解釋說：「不是爲了公事，是我個人的事情，我想讀在職博士班，有人幫我在北大聯繫了一名教授，這次是去跟這位教授見面的。」

孫守義再次驚愕了，這個女人居然還要讀在職博士，真是野心不小啊。她這麼努力，看來目前的職務遠遠不能滿足她的欲望，她還期望能有更好的發展。

不過，孫守義倒是很樂於看到曲志霞去讀什麼在職博士，而且在職博士讀完需要幾年時間，這樣會分掉曲志霞不少心思。

孫守義稱讚說：「這是好事啊，看來我們海川不久將會有一名博士市長了。」

曲志霞說：「這麼說孫市長是支持我的了？」

孫守義笑說：「我當然支持了。不過這樣子恐怕你會更忙了，工作和生活能兼顧的好嗎？你們家那口子對此支持嗎？」

孫守義並不認識曲志霞的老公，只知道曲志霞的老公在省環保局任職副處長。是個很老實的男人，不像曲志霞那麼爭強好勝。這從他的職務就能看出來，他在環保方面也算是學有所長，熬了這麼多年，才熬出一個副處長的角色出來。

夫妻之間的搭配其實很有意思，往往是一強一弱，曲志霞夫妻也是這樣，曲志霞就是強勢的那一個，她的丈夫個性則是偏弱的。

果然，曲志霞就說：「我要做的事，我家那口子敢不支持嗎？」

孫守義笑笑說：「那是最好不過了。誒，曲副市長，你可要早去早回啊，市裏面很多工作還等著你來處理呢。」

曲志霞聽孫守義這麼說很高興，讓她感覺她對海川市很重要，便說：「放心好了，市長，你看我什麼時候耽誤過工作了呢。」

孫守義笑說：「這倒是沒有，只是我們市政府班子剛湊齊，前期工作上的欠賬很多，需要趕緊補上，容不得哪個人離崗太久的。」

曲志霞點點頭說：「我明白，我一定會儘快趕回來的。」

北京，首都機場。

傅華接到了曲志霞。他從喬玉甄那裏知道曲志霞這次來，是要跟吳傾見面的。

曲志霞見到他，並沒有露出不高興的樣子，她看上去心情很好，親切地跟傅華握了握手，說：「麻煩你了，傅主任。」

傅華心想，曲志霞一定是因爲找到了吳傾這個不弱於寧則的名人做指導教授，感覺到很有面子，因此就不再跟他計較他不肯介紹寧則給她的事了。

傅華笑笑說：「副市長客氣了，爲領導做好服務工作是我們駐京辦的職責。」

兩人就上車往駐京辦趕。車子開出首都機場不遠，曲志霞說：

「傅主任啊，我這次來北京的行程很趕，孫市長希望我能早點回去。所以這次來北京雖然是我的私人事務，但我希望你能陪我一下。北大是你的母校，你對那邊的情形比較熟悉，你陪我去，會避免耽誤很多不必要的時間。」

傅華裝作不知情的說：「原來曲副市長這次是去北大啊，我當然樂於奉陪，只是不知道您去北大要做什麼啊？」

曲志霞笑說：「我想跟傅主任做同學，我已經找好了指導教授，要在經濟管理學院攻讀在職博士。」

傅華聽了笑說：「原來是這樣啊，曲副市長您可是真會開玩笑，我一個小小的大學生又怎麼能跟您這在職博士算是同學呢？」

曲志霞說：「都是北大，當然算是同學啦。」

「不知道您是要跟哪位教授攻讀呢？」傅華假意詢問著。

曲志霞故作平淡的說：「吳傾教授，不知道傅主任聽沒聽說過他？」

傅華心想，曲志霞要他陪她去北大拜訪吳傾，根本就是在跟他炫耀。因而順著她的希望，說：「吳傾教授啊，我怎麼會沒聽說過他呢！」

傅華做出一副驚訝的樣子說：「吳教授是北大經濟管理學院的院長，他可是風雲人物啊。曲副市長，您能讓他答應做您的導師，真是很有辦法啊。」

曲志霞聽傅華這麼說，臉上頓時就綻開了燦爛的笑容，很得意的說：

「我也知道吳傾教授很了不起，而且不輕易收學生，所以爲此拜託了不少的朋友。吳教授礙於我朋友的面子，才答應我去跟他見面的。希望見面之後，他能對我印象不錯，接受我這個學生。」

吳傾是名動天下的名學者，能成爲他的學生確實是很令人激動的。名師高徒，等於走到哪裡都是一張金字名片，別人知道你是某某名教授的學生，大多會高看你一眼的。

傅華就笑了笑說：「曲副市長您放心好了，您這麼優秀，吳教授一定會收下您這個學生的。」

傅華這個馬屁拍得是恰到好處，曲志霞本來有些惶恐不安，聽傅華這麼說，讓她有了點自信，她看著傅華說：「傅主任，你這麼說不是爲了逗我開心的吧？」

傅華搖搖頭說：「當然不是了，曲副市長的優秀是有目共睹的，吳教授不會看不到這一點的。」

曲志霞聽了很高興地說：「希望借你吉言了，傅主任。」

到了駐京辦，傅華幫曲志霞開好房間，曲志霞就去休息了，她明天要給吳傾一個好印象，所以今天必須要養好精神才行。

第二天一早，傅華早早到了辦公室。

這也是拜曲志霞上次來整頓所賜，曲志霞上次來對駐京辦的工作作風很不滿意，提出了嚴厲的批評。此次曲志霞再來駐京辦，駐京辦上上下下都繃緊了神經，生怕再被曲志霞挑出什麼毛病來。

他在辦公室裏坐了一會兒，就接到曲志霞的電話，說她已經準備好了，傅華答應了一聲，就去安排車子，自己在樓下等著曲志霞的到來。

曲志霞今天刻意打扮了一番，亮灰色的套裝，領口別著一枚鑲鑽的胸針，羊絨衫領口開得略低，腳上則是一雙名牌高跟鞋。

這副打扮知性幹練中又帶有一些女人味，有別於她平時的打扮，少了官員那種死板形象。

傅華紳士的打開車門，等曲志霞上了車，關上車門，然後上車陪著曲志霞直奔北大。到了北大經濟管理學院，傅華跟門衛通報了他們的來意，門衛就帶著他們去吳傾的辦公室。吳傾已經在辦公室裏了。

吳傾不到五十歲的樣子，戴著一副金絲眼鏡，臉龐削瘦，下巴上還帶著沒刮乾淨的鬍子，頗有學術氣息的味道。

曲志霞通報了自己的姓名，吳傾上下打量了她一下，表情沒有什麼異樣，跟曲志霞握了握手，曲志霞就對吳傾說了一些久仰的話，吳傾表情還是平平淡淡的，想來這種仰慕他的話，他已經聽得沒感覺了吧。

曲志霞又介紹傅華，說他是海川市駐京辦的主任，吳傾哦了一聲，沒有太理會傅華。吳傾既然不跟他說什麼，傅華也懶得去搭理吳傾，就坐在一旁聽吳傾和曲志霞談話。

吳傾便和曲志霞討論了一下她在碩士班的研究內容，也看了曲志霞帶來的碩士論文和這幾年在財政局發表的文章，談話的時間並不長，結束後，吳傾將曲志霞和傅華送到辦公室門口，說了句保持聯絡，就回去了。

傅華和曲志霞走到電梯前，傅華按了電梯的按鈕，這時，曲志霞好像忽然想起什麼似的，說：「傅主任，我有件事還要跟吳教授說一下，你先下去等我吧。」

傅華知道曲志霞有什麼事不想讓他知道才這麼說，就點點頭說：「那我在下面等您。」

曲志霞轉身去敲吳傾辦公室的門，電梯也在這個時候來了，他就進了電梯。電梯門合上的那一剎間，傅華不經意間一瞥，看到吳傾臉上居然閃過一絲詭異的笑容。

這絲詭異的笑容雖然瞬間即逝，卻深深地印在傅華的腦海中，傅華想不明白吳傾這個笑容裏究竟有著什麼含義。也就被他拋到腦後淡忘了。

傅華在車裏等了好一會兒，曲志霞出來了，看上去曲志霞的臉色不太好看，似乎在吳傾那裏碰了個釘子。

傅華不敢去問曲志霞究竟是怎麼回事，只是問道：「我們要回去嗎，曲副市長?」

曲志霞點了下頭，說：「回海川大廈。」

到了海川大廈，傅華問曲志霞有沒有什麼事，曲志霞說：「沒事了，謝謝你陪我去見吳教授。」便臉色陰沉的回了房間。顯然她在吳傾那裏不太順利，讓她的心情變糟了。

傅華回到辦公室沒多久，接到了喬玉甄的電話。

喬玉甄開口就說：「你們曲副市長晚上約我吃飯，我聽她的語氣好像不是很高興的樣子，出什麼事啦？」

傅華說：「出了什麼事我也不清楚，我陪曲副市長去見了吳傾，本來他們談得還可以，只是曲副市長又回去找吳傾單獨談話後，心情就變糟了。」

喬玉甄聽了說：「不用說，一定是喬玉甄給吳傾準備了一份禮物，吳傾卻沒看上眼，給了曲志霞一個釘子碰，所以她才會心情變糟的。」

喬玉甄這個說法跟傅華的猜測大致一致，傅華便說：「曲志霞不是托人找的吳傾嗎？吳傾不至於這麼不給面子吧？」

喬玉甄說：「我也覺得奇怪，曲志霞跟我說，幫她出面的朋友很有能力的，按說吳傾收下曲志霞應該很順利的，問題是出在哪裡呢？難道說曲志霞在什麼地方犯了吳傾的忌諱了？哎，好了，不費這個腦子了，等晚上跟曲志霞見了面就知道了。」

晚上曲志霞沒有讓傅華陪她，自己坐了駐京辦的車子去跟喬玉甄見面。

晚上十點多，傅華接到曲志霞的電話，讓他訂第二天一早回海川的機票，說她要回海川了。曲志霞說話的口氣很平淡，聽不出有什麼沮喪來，也許跟喬玉甄的會面讓她的心情轉好了。

第二天一早，傅華就送曲志霞去機場，一路上曲志霞的神情都很平靜，最後要通關的時候，又跟傅華握了握手，對傅華這次的陪同表示了感謝。

送走曲志霞後，傅華返回駐京辦，忍不住打了電話給喬玉甄。

喬玉甄接了電話，說：「送走曲志霞了？」

傅華說：「送走了。誒，你對她施加什麼魔法了，我看她走的時候心情還算平靜，沒有再像昨天那樣子不高興了。」

喬玉甄笑了起來，說：「施加魔法，你以爲我是女巫啊？」

傅華笑說：「你把曲志霞的不高興變走了，除了女巫，我真的不知道還有別的形容詞能形容了。」

喬玉甄說：「我可沒那個本事，我只是安慰了一下曲志霞而已，讓她知道即使吳傾不接受她的卡，也不代表吳傾就不收她這個學生。」

傅華聽了，恍然大悟說：「原來曲志霞單獨去見吳傾，是想送錢給吳傾。這她就小看吳傾了，吳傾現在的眼光很高，肯定不會對這種小錢動心的。」

外面傳說吳傾出去演講，飛機接送連住宿這些費用外，演講費是按照每小時萬元以上起跳的。他隨便演講一下就有不菲的進賬，想要賄賂他，自然吳傾連看都不屑看的。

喬玉甄笑說：「呵呵，我也是這麼跟曲志霞說的，吳傾現在名滿天下，自然不會把她卡裏那一二十萬放在眼中。吳傾自己也說他是做學問的，並非賺錢的商人。」

吳傾這種故作清高的派頭，更增加了他的明星魅力。

傅華笑笑說：「吳傾這麼說，還算有點名士派頭嘛。」

喬玉甄說：「可是他這麼說，曲志霞就有點受不了了，卡沒送出去不說，還搞不清楚吳傾是真的不要錢，還是嫌卡裏的錢少了？她這次來北京是抱著志在必得的信心的，如果最後吳傾不收她，她哪還有面子啊？」

傅華心裏也覺得好笑，尤其是她還特意叫他陪著去見吳傾，擺明了就是一種炫耀，萬一吳傾不收她這個學生，那可真是把人給丟到家了。

傅華笑了笑，推論說：「其實達到吳傾這個地位，錢對他們真的是不重要，送卡有點多此一舉了，曲志霞顯然沒有把握住吳傾的心理。我看得出來，吳傾跟她談的還不錯，既然他能因爲曲志霞朋友的面子接見曲志霞，必然也會因爲她朋友的面子收她做學生的。」

喬玉甄笑說：「看來我們還真是心有靈犀啊，我也是這麼跟曲志霞說的，她聽完之後，可能覺得有道理，心情這才好了很多。誒，傅華，不說這個了，呂鑫這兩天要到北京來，我想給他接風，到時候你也來參加吧。」

傅華打趣說：「呂先生最近好像常來北京啊，是不是有意往北方發展啊？」

喬玉甄回說：「你還說呢，你們海川那個丁益還有伍權不是已經把呂先生拖去海川了嗎？他現在不是有意往北方發展，而是已經在北方發展了。」

傅華笑說：「這倒也是。」

喬玉甄問：「那到時候你來嗎？」

傅華不太願意跟呂鑫有太多的牽扯，不過喬玉甄開了口，他不好拒絕，便答應說：「我當然要去了，我也很想見見呂先生的。」

喬玉甄說：「那好，等我安排好了，再電話通知你。」

結束跟喬玉甄的通話，傅華正想把手機收起來，手機又響了起來，是賈昊的電話。一接通，就聽賈昊埋怨說：「小師弟，剛才你是跟哪個美女在煲電話粥啊，這麼久都打不進去？」

傅華不好意思說他是在跟喬玉甄講電話，就笑笑說：「師兄，你胡說八道什麼啊，哪有什麼美女啊，我在跟人談事呢。你找我有事？」

賈昊說：「是有點事想跟你說說，你有時間嗎，到我聯合銀行的辦公室找我，我想要跟你當面談談。」

那天喬玉甄讓傅華提醒賈昊一下，正好利用這個機會，於是傅華馬上說：「那行，我馬上就過去，正好我也有話要跟師兄說。」

聯合銀行，賈昊辦公室。

傅華敲了門，裏面喊了聲進來，傅華走進去，笑問：「師兄，找我什麼事啊？」

賈昊說：「先坐下，不是我找你，是于老闆有件事想向你諮詢一下。」

傅華這才注意到煤老闆于立也在賈昊的辦公室裏。于立坐在沙發上，衝著傅華點了點頭說：「傅主任來了。」

傅華去坐在于立的旁邊，問候說：「于老闆，最近可是少見啊，又收藏了什麼珍貴文物吧？」

于立笑笑說：「最近倒是看好了一個元青花大罐，價值不菲，現在在跟賣家商談中，還沒敲定。」

傅華聽了說：「元青花大罐啊，不會是鬼谷子下山那種好東西吧？」

元青花是最近幾年才在國內收藏界名聲大噪的，起因就是傅華所說的那個鬼谷子下山大罐，這個元代青花瓷器，主體紋飾爲鬼谷子下山圖，描述孫臏的老師鬼谷子在齊國使節蘇代的再三請求下，答應下山搭救被燕國陷陣的齊國名將孫臏和獨孤陳的故事。

這個青花罐在倫敦佳士德舉行的陶瓷工藝品拍賣會上，以一千四百萬英鎊拍出，加上佣金後，折合人民幣約兩億三千多萬，創下當時中國藝術品在世界上的最高拍賣紀錄。

元青花也因此引起國內收藏界的注意，藏家們紛紛把眼光轉到這上面來。不過類似鬼谷子下山這類的大罐本就是少之又少的稀世精品，一時之間很難再找到類似的精品了。

于立說：「我找到的就是跟那個鬼谷子下山差不多的一個人物畫像大罐，上面畫的是蕭何月下趕韓信，我見過實物，實在是太漂亮了，那畫工，嘖嘖，只能用精美絕妙來形容。」

傅華好奇地說：「這麼好的東西你也能找得到？」

第十章

槓桿作用

現在的商人只有一塊錢的資金，卻敢做出十塊錢的事來，把資金槓桿的作用發揮到極致。
在市場發展順利的時候，能夠將收益放大很多倍，
但在投資獲利不如預期的時候，槓桿作用的乘數效果也會導致企業走向崩盤。

元青花大罐目前所知傳世只有八件，基本上都在一些大的博物館或者有名的藏家手中，于立竟然很輕易的就能找到一件，傅華心中自然十分存疑，他想于立看到的一定是贋品。

現在作僞的技術也越來越好了，幾乎到達真僞難辨的程度，甚至一些大型博物館也有打眼上當的時候，而且越是珍貴的文物高仿的越多，越是真假難辨，于立被人騙了也不奇怪。

于立沒聽出傅華話裏的譏諷意味，很認真地說：「傅主任啊，你可不要小瞧了我們國內的收藏界，我跟你說，那真是奇珍異寶比比皆是啊。我看到的這個大罐，規格比鬼谷子下山大罐還要大，還完美。要不是我手頭現在缺錢，當時就不會跟他討價還價，直接就抱回來了。」

傅華愣了一下，這傢伙向來是財大氣粗的樣子，又利用藝術品信託投資的方式爲自己圈了不少錢，怎麼會手頭缺錢了呢？

傅華訝異地道：「我沒聽錯吧，剛才于老闆說手頭缺錢？你這不是開我這個窮人的玩笑吧？」

賈昊在一旁說：「你沒聽錯，小師弟，于老闆現在確實是手頭缺錢，這也就是我找你來的原因。」

傅華不禁笑說：「不會是想跟我借錢吧？師兄啊，首先聲明。我可沒錢借給于老闆啊。」

賈昊笑了起來，說：「看把你嚇的，你那點錢就是借給于老闆，也不夠他塞牙縫的。他找你不是爲了借錢，是爲了別的事情。老于啊，你說說你在東海遇到的麻煩吧。」

傅華更大感訝異了，說：「于老闆什麼時候去東海發展了？怎麼也沒跟我說一聲啊？」

于立解釋說：「我這件事與你們海川扯不上邊的，我是拿出上億的資金在東海的山區投資開煤礦。」

傅華猜說：「是這個煤礦出了問題了？」

于立點點頭說：「我是投資這個煤礦，並沒有參與經營。我把資金放進去，對方開採出煤礦來抵償我投入的資金。一直以來，雙方通過這個模式合作的很好，我也取得了不錯的收益。不過，這幾天事情突然有了很大的變化，在我不知情的前提下，我那個合作夥伴突然將煤礦轉讓給了別人，而我的資金卻沒有拿回來。」

傅華看了看于立，說：「于老闆，你的意思是，你被你的朋友給坑了，損失了一大筆錢，是這個意思吧？」

于立點點頭說：「對，就是這個意思。」

傅華不解地說：「既然是這樣，誰害你損失了，你找誰去啊，找我有什麼用啊？你可以起訴你那個合作夥伴呀。」

于立苦笑說：「如果事情那麼簡單，我就不用還要找你來了。現在我的合作夥伴手裏不但沒錢，人還被公安機關給抓了起來，我就算是起訴他，他也拿不出一分錢來給我的，起訴他的話，我還得搭上一大筆訴訟費才行。」

傅華聽了更覺得納悶起來，說：「這不對吧，他不是把煤礦轉讓出去了嗎，怎麼會手裏沒錢呢？」

賈昊點頭說：「這就是整件事最蹊蹺的地方了，老于的這個合作夥伴是透過東海省省高院跟對方達成的調解協定才將煤礦轉讓出去的。起因是那傢伙欠了別人五千萬，被人起訴到東海省高院，在高院法官的調解下，雙方達成協議，那傢伙便把煤礦和煤礦內的存煤全部抵給了對方，變成一個一無所有的人。老于投入的資金都無法追回來，這才抓瞎了的。」

于立補充說：「這個調解協議是很有問題的，我很懷疑我那個合作夥伴是被逼簽訂的，或者他根本就是跟對方串通好要坑我，那個煤礦至少值十億，不然我也不會那麼放心的把錢投進去的。這麼一搞，我可被坑慘了。」

傅華看了一眼于立，說：「那你想我幹嘛？」

于立說：「我剛才跑來找賈行長，跟他討主意。他說最好是先去東海找找人，看看

東海那邊究竟發生了什麼事，然後才好想辦法解決問題。他跟我說，你以前的老領導現在就在東海省做省委秘書長，也許透過你能跟東海方面溝通一下，看看能不能讓他們撤銷那份調解協議。只有撤銷那份調解協議，我的投資才有拿回來的可能，否則就全部打水漂了。」

傅華有些為難地說：「師兄，你應該知道司法系統是個獨立的系統，想去干涉其中的事務是很難的。不錯，我的老領導是任職東海省省委秘書長，不過這並不代表他就能幫你改變高院的裁決，他很難干涉高院的辦案的。」

賈昊說：「話是這麼說，不過法院也是受黨委領導的吧？我想作為一個省委秘書長，你的老領導真要幫忙的話，還是能夠幫老于解決這個難題的。」

傅華搖搖頭說：「師兄，一聽就知道你並不瞭解司法系統的運作方式。誠然司法系統也受黨委領導，但是具體到個案上，除非你能讓省常委會下個決定什麼的，否則要想改變結果，只有一個途徑，就是他們法院自己出一個新的結果，去否定前面的結果。」

在市政府工作的時候，傅華接觸過法院辦理的案件，很清楚法院辦案的習慣。

賈昊說：「小師弟，你說的情形我也清楚，所以這次我並不是希望你一出馬就什麼問題都能解決，我和老于商量了一下，覺得如果你那位老上級能幫忙把問題給解決了最好，如果不行，就麻煩他幫我們把情況瞭解清楚，我們也好根據情況再來想其他的解決辦法。

這個總可以了吧？」

傅華知道曲煒是一定不會出面逼迫高院撤銷調解協議的，就對賈昊說：「師兄，幫你瞭解情況我可以做到，至於讓我的老上級幫忙把問題解決了，那是連想都不要想。」

賈昊退一步說：「那也行。」

于立拜託說：「傅主任，你那老上級那邊如果需要打點什麼，儘管說，我會安排好的。」

傅華說：「那倒不必要，我想我在他那裏，這點面子還是有的。」

賈昊說：「那行，你就先去問問情況，等問明情況究竟如何，我們再來商量怎麼解決這個問題。」

于立嘆說：「現在也只好這樣子了。」

于立對傅華沒有一口答應幫忙撤銷調解書頗爲失望，顯得情緒有點低落；賈昊看上去心情也不太好，似乎于立的事情對他也有影響。

傅華心想這時再跟他說別的事，似乎不是好的時機，就有些欲言又止。

賈昊看到傅華的表情，便說：「小師弟，你不是還有話要跟我說嗎？什麼話啊？」

傅華看了于立一眼，這傢伙在這裏，我怎麼說啊？便笑了笑說：「也沒什麼事啦。」

于立看出來他在這裏傅華有話不好說，就知趣的站了起來，說：「你們倆聊吧，我要回去了。傅主任，等你的消息啊。」

傅華點點頭說：「我儘快就是了。」

于立離開了，賈昊便說：「現在就我們倆了，你有什麼話可以說了吧？」

傅華看了看賈昊說：「師兄啊，你不會跟于立剛才這段事情有關吧？」

賈昊趕忙否認說：「別瞎說，這是于立自己投資失利的事，跟我有什麼關係啊。」

傅華不完全相信賈昊的說法，如果這件事真與賈昊無關，他不會顯得這麼緊張。

傅華盯緊了賈昊的眼睛，猜測說：「師兄，于立拿去投資煤礦的錢，會不會也有一部分是來自你們在搞的藝術品信託啊？」

賈昊的眼神有些躲閃不定，說：「不可能，藝術品信託的資金都是有規定用途的，怎麼會用在煤礦投資呢？」

看賈昊這個樣子，傅華就清楚這裏面一定是有關聯的，說不定于立挪用了藝術品信託所圈來的錢。

現在的商人膽子都很大，他們只有一塊錢的資金，卻敢做出十塊錢的事來，把資金槓桿的作用發揮到極致。

這在市場發展順利的時候，能夠將收益放大很多倍，但反過來在投資獲利不如預期的時候，槓桿作用的乘數效果也會加速企業的虧損以及資金的缺口，導致企業在極短時間內就走向崩盤。

傅華忍不住勸說：「師兄，你知道你這是在玩火，稍有不慎，恐怕會惹火燒身的。」

賈昊面色沉了下來，說：「好了，小師弟，如果你想跟我說的話就是這些，那我知道了。」

傅華知道此刻說什麼賈昊都不會聽的，只好苦笑說：「師兄，其實我來想跟你說的不是這件事。」

「哦，」賈昊抬起眼看了看傅華，說：「那是什麼事啊？」

傅華說：「那天我跟喬玉甄說起你來，她說你應該找個本分的女人娶了，不要去再招惹什麼明星，明星太過顯眼，很容易會被相關部門盯上。」

「喬玉甄真的這麼說？」賈昊露出緊張的神色，喬玉甄的背景讓他不敢拿她的話當耳邊風。

傅華說：「當然是真的，是她要我提醒你的。她是什麼背景的人你比我清楚，要怎麼辦，你自己琢磨吧。」

賈昊表情複雜看了看傅華，沉默了一小會兒，然後伸手拍了拍傅華的肩膀，嘆說：「小師弟，我知道你說這些是爲我好，我心裏很感激。不過，以後再也不要跟我講這些了，沒用的。」

傅華納悶的看著賈昊，賈昊微微搖了搖頭，說：「我也不是傻瓜，這些道理你不說我也懂。只是人都是有欲望的，我這個人又是個感情豐富的人，有些事情處理起來不能像你一樣的理智，嚴守邊際，所以有時候不自覺就去做了違規的事。我也知道不對，但是這已經是一種慣性了，我已經很難脫身了。」

傅華想起老師張凡當初給他講的那個小偷的故事，賈昊的情形就極爲類似那個小偷的心境。當時他爲了不讓賈昊難堪，並沒有把這個故事講給賈昊聽，只是側面的提醒賈昊，現在想想，如果當時他把這個故事講給賈昊聽，賈昊現在可能就不是這樣了。

傅華看了看賈昊，說：「師兄啊，其實當初你從證監會去聯合銀行的時候，老師除了讓我轉告給你那幾句話之外，還講了一個故事。那個故事因爲怕你難堪，我就沒在你面前提起過。現在我有點後悔了，當時如果不留情面講給你聽，也許你現在就不會這個樣子了。」

賈昊納悶地說：「老師講了什麼故事啊？」

傅華就把那個小偷的故事說了出來。小偷第一次偷錢沒有被抓到，食髓知味，便再次犯法，只要偷來的錢花完了，就又去偷錢，於是越做越大，越陷越深，直到最後被抓住。這個小偷的情形和賈昊十分貼切。

賈昊聽完，沉吟了半晌，好半天才說：「老師果然是有大智慧的人，原來他早就把我看得這麼透澈了。」

「不是，師兄，你的頭腦其實也不差的，」傅華說：「你絕對有足夠的智慧從這個漩渦當中脫身出來的。」

賈昊搖搖頭，痛苦地說：「小師弟啊，你把問題想得太簡單了，也不怕跟你說實話，我現在就是想回頭也回頭不了了。是啊，我是很聰明，但有時候，太聰明了在官場上並不是件好事啊。」

傅華不解地說：「怎麼說？」

賈昊慨嘆說：「聰明的人就會善於揣摩別人的心思和所處的環境，就會想辦法去迎合周遭的人。我剛踏入仕途時，也很想遵照老師的教誨，做個好人，做個好幹部的。但是工作了一段時間後，我發現我身邊的同事以及領導都各有各的盤算，而他們的所作所爲，也都明顯超出了我理解的好幹部、好領導的範疇。」

賈昊說到這裏，頓了一下，抬頭看了看傅華，說：

「跟你說一件可笑的事情吧。你知道我剛踏入仕途時跟你一樣，都是給領導做秘書的。記得有一回我跟著領導下去一家企業視察，離開那家企業的時候，企業的老總塞了兩個紅包給我，讓我將其中一份大的轉交給領導。當時我就犯難了，因爲這是違背紀律的，按照規定，應該拒收或者上繳。不過我拿的其中一份是領導的，領導會怎麼處理這件事我不清楚，所以我也不敢貿然的將自己的紅包上繳或者退回去。你也是做秘書的，應該能理解我當時是怎麼想的吧？」

傅華點點頭說：「嗯，我能理解你的想法，你一定是想，如果你上繳了，就把領導放在一個很被動尷尬的境地，那樣無論他想不想，都不得不也上繳；而且你上繳在先，領導就會被人猜測本來可能不想上繳，是被你逼著不得不上繳的。」

賈昊點點頭說：「對，我顧慮的就是這些。思前想後，我決定先把領導的紅包交給領導，然後看他下一步怎麼做，我再來決定我的行止。於是我把紅包拿給領導，當時我的心情十分緊張，手心都出汗了。但是領導把紅包往抽屜裏一塞，就好像沒那麼回事一樣。」

賈昊輕輕的搖搖頭道：「我心裏十分詫異，心想怎麼會這樣呢？這可是違紀違法的啊，爲什麼領導的反應不是像媒體上宣傳的那樣，大義凜然的拒絕貪腐呢？」

傅華忍不住想，賈昊當初如果遇到的領導能夠以身作則，將紅包上繳，今天的賈昊也許就不是這個樣子的了。

想到這裏，傅華不免感到慶幸他跟的第一位領導是曲煒，曲煒在錢財方面一向很嚴格要求自己，傅華就是受他的影響，形成他現在的道德觀和世界觀的。

賈昊接著說道：「不過出了領導的辦公室，我就不這麼想了，我開始覺得自己實在是太膽小了，沒見過大世面。真正做大事的人就應該是這樣，不去在乎這種小節。我那領導也沒因爲收了紅包就出什麼事，跟平常一樣。於是再遇到類似的事，我就理所當然收下了。久而久之，如果哪一次沒拿到心裏期待的紅包，心裏反而很不舒服，覺得對方好像欠了自己一樣。這大概就跟老師所說的那個小偷一樣吧。再後來，隨著職務越來越高，接受別人的財物就不僅僅是自己的意願，而是迫不得已那麼做的。我們都是官場中人，你應該知道那種無奈的。」

傅華點點頭說：「官身不自由，很多事我們確實是身不由己。」

賈昊說：「是啊，我掌握了能讓公司上市的權力，也就等於掌握了讓人瞬間暴富的權力，誰不渴望瞬間暴富啊？於是各方面的人都想跟我拉上關係，有上級領導，有平級的同事，有親朋好友，這些我都必須要應酬。很多事情我也不想涉入啊，但是有幾個人能有鐵一樣的意志，能夠拒絕周圍的這些人呢？」

傅華對此頗爲認同，現在官員手中掌握的利益太多了，各方勢力都想從中分一杯羹，於是想盡辦法跟官員勾結，金錢、美色……，無所不用其極。官員們處於利益的核心，若是沒有超強的意志，是很難去對抗這些誘惑的。

傅華感同身受地說：「是啊，連我也拜託過老師，找過你呢。」

當時天和房產想要上市，傅華就是拜託張凡找了賈昊。賈昊最後終於幫天和達成了上市的目的。

賈昊卻說：「天和房產上市一切的手續都是合法的，因爲我不想讓我的行爲給老師臉上抹黑。」

看來賈昊還是很在乎張凡的，傅華便說：「師兄，你這不是挺明白的嗎？爲什麼就不能拿出大的決心跟那些行爲決斷呢？」

賈昊哈哈大笑了起來，說：「這是不可能的，如果我那樣子做，那我早就不可能在證監會待著了，別人一定會嫌我在那裏礙事，想辦法把我給搬掉的，所以我必須同流合污才能保住自己。官場本就是一個大染缸，染於蒼則蒼，染於黃則黃。你進去了還想清白嗎？不可能的。」

傅華默然了。

賈昊現在是走進了一個死胡同，除非他往回退，根本就無法走出現在的困境。但是往後退，他就必須要放棄眼前的功名利祿，這又是他不願意接受的。古往今來，沒有多少人能夠視功名利祿爲糞土，所以賈昊現在只有悶著頭往前走一途了。

賈昊感嘆說：「有時我也在想，如果當初老師沒把我推進官場，讓我跟著他做學問，現在的我會是什麼樣子呢？憑我的聰明才智，應該也會在學界有一席之地吧？」

傅華大力地點了點頭說：「以師兄的聰明，現在肯定是著名學者了。」

賈昊說：「所以問題就來了，現在想想，我真的不知道老師當初推薦我進官場，是成就了我呢，還是害了我？小師弟，我這麼說並不是埋怨老師，沒有老師也就沒今天的我。我只是在想，如果走了別的路，我現在會怎麼樣呢？」

賈昊這個問題誰都無法回答，上帝沒有給人回過頭來重走一遍人生的機會。賈昊不能，傅華也不能。

傅華明白 他無需再勸賈昊什麼了，賈昊其實都明白，也知道他一旦出事的話，等待他的將是很悲慘的命運，只是他已經被時下的情勢所裹挾，不得不繼續走下去。因為他硬著頭皮往前奔，也許還能僥倖逃過，得以倖免，然而如果他放棄了手中的權力，對他的清算馬上就會來了。

於是傅華不再多說什麼，對賈昊說：「師兄，我要回去了，你好自為之吧。」就離開賈昊的辦公室回海川大廈。

在車上，傅華心中感慨萬千。很多人都覺得做官風光無限，但又有誰知道官員們為了人前的風光，付出了多大的代價！處於利益核心的官員又承受了多少的壓力！

回到辦公室後，傅華就打電話給曲煒，跟曲煒說了于立遭遇到的狀況，問曲煒能不能幫忙瞭解一下事情的來龍去脈。

曲煒聽完就有些不高興，說：「傅華，你怎麼還插手到法院的事務當中去了，你這可是有點過分了。」

傅華原本並不是非要幫賈昊這個忙的，可是跟賈昊的一席談話之後，他有點同情賈昊了，覺得賈昊挺可憐的，賈昊找他幫忙，一定是沒有辦法了，他不忍心不幫忙。

於是傅華解釋道：「您誤會了，我不是想插手這件事，而是朋友要我幫忙瞭解一下案情，並不是我想插手的。」

曲煒聽了說：「那也最好不要，你要知道凡是進到法院中的事務，都是矛盾衝突到無法調和了才會弄到那裏的，這裏面牽涉到的利益太多了。省高院的情形更爲複雜，你能少沾還是少沾吧。」

傅華只好說：「這是我一個很好的朋友找我的，他幫過我很大的忙，所以我無法推辭，您就幫幫忙吧。」

「這樣啊，」曲煒沉吟了一會兒，說：「好吧，你把案號給我，我找人幫你問一問。不過我告訴你，只此一次，下不爲例啊。」

傅華感激地說：「謝謝您，您放心，我再也不會因爲類似的事情麻煩您了。」

海川市。

關於孫濤酒後鬧事的處分決定已經公佈了，市委對孫濤給予通報批評，並責成孫濤作出書面檢討。

決定公佈後，孫濤倒沒有什麼太過激的反應，老老實實的將書面檢討送到了市委去，這件事看上去很平靜的解決了。

但孫守義的心卻沒有放鬆下來，他知道真正的風暴要在市委確定孫濤未來的職務之後才會到來。如果孫濤能平靜的接受文史委員會的職務，那才代表這次的風暴真正的過去了。

現在海川市政壇上上下下都在看金達和孫守義要如何調整孫濤的職務，也等著看孫濤對新的安排會做出怎樣的反應。

在各方種種複雜的心態下，海川市的人事調整還是來了，而且來得比預期的要早。之所以比預期的早，是因爲孫守義一再催促金達的結果。

孫守義認爲既然人事調整方案已經洩露出去，就要儘快的加以實施，否則拖延時間太長，不但人心惶惶不安，也會讓別有用心的人利用，製造出一些無中生有的謠言，攪亂海川市正常的工作秩序。

這次因爲海川市最近發生了不少的事情，人員變動很大，其中最令人們關注的還是雲山縣縣委書記孫濤的職務調整。人們都在等著看孫濤的調整會不會發生什麼變化。

但是讓不少人失望的是，在孫守義的堅持下，金達沒有改變原來對孫濤的安排，依然將他安排去市政協文史委員會。對此于捷表示了強烈的反對。

于捷說孫濤這幾年在雲山縣工作卓有成績，大家有目共睹。將這樣一個有豐富基層工作經驗的幹部安排去市政協看報喝茶，是對人才的浪費，也是某些人對孫濤的打擊報復。

金達對于捷的說法表示了反對，他說：「老于啊，你不能這麼貶低政協的工作，政協工作也是很重要的。」

于捷冷笑一聲說：「金書記，您別言不由衷了，政協是清水衙門，這是眾所周知的事實，市委將孫濤同志派往政協工作，明顯是一種打擊報復。」

孫守義聽不下去了，于捷一再說市委對孫濤的安排是一種打擊報復，雖然他沒有明確指出在背後對孫濤打擊報復的人是他孫守義，但是他跟孫濤之間的矛盾早已浮上臺面，大家都知道指的是他。

孫守義覺得他不說話不行了，他不能讓于捷這樣蠱惑人心下去，如果他一直不出聲，會讓人覺得他理虧似的，便說：

「于捷同志，你說去政協工作就是打擊報復，那我請問你，政協的工作應該什麼人去幹呢？你這樣說，讓現在在政協工作的人情何以堪？難道他們都是被市委打擊報復才被派去工作的嗎？」

于捷並沒有被孫守義嚇住，還擊道：「孫市長，拜託您不要故意轉移話題，我說的明明是孫濤個人的事，你扯到政協算是怎麼一回事啊？您可以問問在座各位，這些年來，有哪一個在下面幹得好好的縣委書記被打發去政協，搞什麼文史工作的？」

孫守義反駁說：「以前沒有，不代表現在不可以，也沒有規定說縣委書記就一定不能去政協搞文史工作。我們這些領導幹部首先要記住一條，那就是我們都是組織的人，組織讓我們做什麼，我們就必需要做什麼，沒有絲毫討價還價的餘地。」

于捷哼了聲說：「話說的好聽……」

金達看兩人你一言我一語，爭論不休，趕忙打斷了于捷的話，說：「好了，好了，兩位不要吵了。我們舉手表決吧，同意這一安排的舉手。」

大家做了表決，金達點了點舉手的人數，然後說：「同意這個安排的常委超過半數，宣布通過。」

于捷的臉色頓時變得鐵青，孫守義卻冷冷的一笑，不再搭理于捷。

常委會繼續進行下面的議程，下面的議程中，就沒有像孫濤這樣有爭議的安排了，因此順利地都獲得了通過。

議程進行完，金達宣布散會，于捷沒等金達和孫守義先離開，拿起自己的東西就先出了會議室。

在官場上，離開的時候誰先走誰後走，是有著一定的潛規則的，通常都是按照各自在黨內的排名順序作爲離開的次序，現在于捷沒等排名在他之前的金達和孫守義行動就先行離開，顯然是借此對兩人表達強烈的不滿。

孫守義看到于捷這種賭氣的行爲，暗自高興，于捷越是做這些動作，就越是會惹得金達不高興。金達雖沒說什麼，但是孫守義明顯感受到金達的臉色往下沉了一下，顯然金達對于捷的行爲有些惱火。

金達也拿起東西往外走，孫守義緊隨其後，其他的常委也跟在後面出了會議室。出了會議室，金達就回自己的辦公室，孫守義和曲志霞則是進了電梯，準備離開市委大樓，回市政府那邊去。

電梯裏，孫守義隨口問曲志霞說：「誒，曲副市長，你回來後我還一直沒機會問你，你在北京聯繫指導教授聯繫的怎麼樣了？」

曲志霞回說：「也沒怎麼樣，教授倒是見了，但他沒有明確的表示收不收我這個學生。」

孫守義聽了說：「是這樣啊，咦，你找的教授是誰啊，我在北大也有一些熟人，也許能幫得上忙。」

曲志霞瞅了一眼孫守義，笑笑說：「是經濟管理學院的吳傾教授，市長能跟他搭上關係嗎？」

「是吳傾教授啊！」孫守義癟了下嘴說：「這我可不行，曲副市長你自己慢慢努力吧。」

曲志霞失望地說：「我還以爲您能幫到我呢，害我白高興了半天。誒，市長，不說我的事了，有件事情我想問一下，關於氮肥廠那塊地，我們市政府準備拿來怎麼辦呢？」

孫守義心說：這女人終於沉不住氣，來問氮肥廠這塊地的事了，笑笑說：「究竟要拿來怎麼辦，還要在我們市政府的辦公會議上研究一下才行啊。」

曲志霞說：「那市長您心裏可有什麼初步的想法了嗎？」

孫守義知道曲志霞這是在探他的底，不過現在關鍵的問題不是市政府準備拿這塊地怎麼辦，而是要交給誰來開發。所以孫守義倒也不怕將他的想法告訴曲志霞。

孫守義講完後，看了看曲志霞，說：「曲副市長，你這麼關心這件事，是不是你有什麼想法啊？」

曲志霞笑笑說：「我跟市長的思路是一致的，也覺得應該拿出來開發。誒，您有沒有想過將這塊地交給誰來開發啊？有什麼預定的對象嗎？」

孫守義說道：「這個我怎麼能夠決定交給誰來開發呢，你又不是不知道，現在的土地出讓都要走招標的程序。誰想要拿這塊地，必須經過公開的競爭才行。」

曲志霞聽了就說：「原來是這樣啊。市長，我在齊州有一個朋友是搞地產開發的，幫

財政廳做過工程，施工品質很靠得住，是一家信得過的企業。他對氮肥廠這個地塊很感興趣，改天我介紹你們認識一下吧。」

孫守義見曲志霞終於露出底牌，心裏暗自好笑，這個女人是不是太天真了些，初來乍到就想插手拿工程項目，她也太把自己當回事了吧？

孫守義覺得應該適當地給她一點警告，好讓她知道海川這灣水不是她想蹚就能蹚的。

孫守義便說：「曲副市長，千萬不要啊，這可是違背紀律的行爲啊。」

曲志霞笑笑說：「我也沒說讓您做什麼啊，就是認識一下罷了。」

孫守義不以爲然地說：「現在這社會哪有這麼簡單的事情啊。這些商人們都是削尖了腦袋，想方設法的跟我們這些做領導的勾兌，曲副市長，這種事情可不能不警惕啊。」

曲志霞反駁說：「看您說的，哪有那麼複雜啊，現在是經濟社會，做領導的哪能跟商人一點接觸都沒有。商人們也是有好有壞的，您也不能把他們一竿子都打死，是吧？」

孫守義看曲志霞沒有把他的警告當回事，反而一心想要他接觸她介紹過來的商人，覺得這個女人是被利益蒙住了眼睛，根本就不知道看眼色。想了想，不妨把金達抬出來，作爲擋箭牌，就說：

「曲副市長，這樣做是不可以的。你跟金達書記同事多年，想來你也知道金達書記的個性，他最不喜歡看到這種官員和商人相互勾結的情況了。以前我跟他在市政府配合的時候，他就明確的對我講過，像這種土地、工程之類的項目，招標過程一定要公正、公開、透明，如果被他知道我私下跟有意來開發的商人接觸，一定會很不高興。」

沒想到曲志霞卻把孫守義的話理解成另外一個意思了，說：「市長的意思，這塊土地金達書記也插手了？」

孫守義心說，這個女人真是昏了頭了，自己把話說得這麼明白，她還聽不懂他的意思，就說道：「我不是那個意思，我是說金達書記希望競標的過程要公正、公平、公開。如果你朋友的公司真有你說的那種實力，就讓他們來參加競標好了，如果他們夠優秀，一定會被選中的。」

曲志霞看了一眼孫守義，孫守義堵死了她繼續說下去的話，就訕訕地說了句：「我明白市長的意思了。」

孫守義回到自己的辦公室之後，撥了束濤的電話。

現在曲志霞已經跟他揭開了底牌，他覺得關於氮肥廠這塊地要怎麼處理不能再拖了，一方面氮肥廠還等著資金整體搬遷呢，另一方面，他也擔心拖下去曲志霞會在其中搞出什麼事情來。

束濤接了電話，孫守義開門見山地說：「束董，剛才曲志霞跟我提起了她的開發商朋友，想要我跟他們見面。」

束濤詫異說：「這個女人下手倒是很快啊。」

孫守義說：「她知道氮肥廠地塊是塊肥肉，不早點下手恐怕就會被別人給吃了。這件事不能再拖下去了，市政府馬上就要研究如何開發這個地塊。你準備的如何了，方案和資金都弄好了沒有？」

束濤說：「還沒完全弄好，不過也有個七八成了。」

孫守義說：「那我們晚上碰個面吧，這件事不能有一點疏漏，我想聽聽你都準備了些什麼。」

兩人就約定了見面的時間和地點，孫守義就掛了電話。

晚上，孫守義如約跟束濤見了面。

束濤笑了笑說：「市長，您可真是沉得住氣啊，我聽說今天市委研究確定了對孫濤的人事安排，據說是在你的堅持下，孫濤被打發去了市政協文史委員會，這時候你還有心思來處理氮肥廠的事情啊，您不怕孫濤還會像前些日子那樣找你鬧事啊？」

孫守義笑說：「看來海川人都在關心這件事啊。我怕什麼啊？我既然敢這麼做，就沒在怕的。再說那個孫濤能做什麼啊，頂多就是喝醉酒找我發發酒瘋罷了，這種事情可一不可二，如果他再這樣，我是不會再對他客氣了，一定會要求公安部門對他採取措施。」

束濤勸說：「市長，您還是小心點為妙，您這等於是斷送了他半輩子的前程，他不會就這麼善罷甘休的。」

孫守義不在乎的說：「束董，你放心好了，孫濤那傢伙如果真有那種膽量，就讓他衝著我來好了，我倒要看看他能做什麼。好了，不談他了，說說你準備的情況吧。我看曲志霞那個樣子，對這塊地像是志在必得的樣子，雖然我警告過她，甚至還抬出了金達，但是我看那個女人並沒有知難而退的意思。」

「你搬出金達來也不行？」束濤問。

孫守義說：「是啊，我跟她說金達主張公正公開公平進行競標，想讓她知難而退，但是她似乎誤會了，以為我的意思是在告訴她這件事是由金達決定的一樣，搞不好這個女人會找人跟金達溝通。金達這個人抗壓性不足，如果被曲志霞找到了能夠壓服金達的領導，那這件事就麻煩了。」

束濤一聽，神情嚴肅起來，問說：「那市長想我怎麼辦？」

孫守義說：「我希望你們能夠拿出一份經得起考驗的方案來，讓你們得標，曲志霞一定會很不滿，如果你們的方案有什麼問題再被她抓到，那我和金達書記可就很難做了。」

束濤拍拍胸脯說：「市長您放心，我們拿出的方案絕對經得起檢驗的。」

兩人就開始談起設計的方案，孫守義也提出不少的意見，束濤便根據孫守義的意見做

了修改。兩人一直聊到十點多才結束。

孫守義和束濤分了手，回到自己的住處。在住處門口，孫守義摸出鑰匙正要開門。這時，忽然一個人從安全通道裏竄了出來，一個箭步來到孫守義身後。

孫守義渾身汗毛頓時豎了起來，想要大叫，後心部位卻被一個尖銳的東西抵住，後面那個人喝道：「不許叫，敢叫我就一刀結果了你。」

孫守義一聽聲音，知道身後的人是誰了，原來是孫濤。知道是什麼人後，他反而冷靜了下來。腦子裏思索著該如何脫身。還是先穩住對方再說。畢竟對方手裏還拿著刀子抵住了他的後心呢。

孫守義便道：「孫濤同志，你先冷靜一下好不好？這樣其實是於事無補的……」

「你給我閉嘴！」孫濤吼道：「你信不信我可以一刀捅死你啊？」

孫守義知道這時候千萬不能逞什麼英雄，萬一激怒了孫濤，後果可是不堪設想，他可不想拿自己的生命開玩笑，就小心地說道：「冷靜，冷靜，孫濤同志，你告訴我，你想要我幹什麼吧？」

孫濤命令說：「你先把門開開，我們進去再說。」

孫守義猶豫了一下，他和孫濤在門外，也許會有過往的人看到，他就可以得救了。但是進了門，屋子裏只剩下他和孫濤兩人，即使孫濤把他大卸八塊，一時半會兒也不會有人發現，孫守義便遲疑著沒有動作。

孫濤見孫守義半天不動，就把手裏的刀往前一送，恐嚇道：「你聽到沒有，再不按照我說的去做，別說我真的要了你的命啊。」

刀尖刺進了孫守義的肉裏，孫守義覺得後心一痛，知道不能不聽孫濤的話，此刻他也顧不得進了門會如何了，先穩住孫濤再說吧。於是孫守義就開了門，跟孫濤走進了房裏。

進門後，孫守義開了門邊的燈，屋子裏頓時亮了起來。

孫濤順手關上了門，然後將門鎖鎖上，孫守義聽到鎖被鎖上的聲音，心不斷的往下沉。

他好言相勸說：「孫濤同志，你究竟想幹嘛啊？你知道你這麼做可是構成了犯罪的。我勸你還是把刀收起來吧，你把刀收起來，我可以當做什麼事情都沒……」

「你給我閉嘴，」孫濤打斷了孫守義的話，叫道：「這都是你逼我的，你個王八蛋，你隨便幾句話，就把我辛苦半輩子才得來的一點東西全給摧毀了，我今天一定要你爲此付出代價。」

孫守義心想今天他和孫濤已經是無法善了之局了，一時之間，他想不出辦法脫身。但是他知道局勢絕不能由孫濤來掌握，萬一孫濤的情緒失控的話，他真是有可能一激動下捅死自己的。

越是這種時候越是不能慌張，否則就把自己給害死了。孫守義便平靜了一下心情，說：「那你想要我付出什麼代價來？你要殺了我嗎？」

孫濤一副什麼都不在乎地說：「你別以爲我不敢啊，我跟你說，我衝動起來可是不顧後果的，反正你葬送了我的前程，我也是生不如死，大不了跟你同歸於盡算了。」

孫守義勸說：「孫濤啊，一個縣委書記的職務對你就這麼重要嗎？值得你用命來換？」

「一個縣委書記的職務，」孫濤叫道：「你說得倒輕巧，你可知道我是費了多大的勁才熬到這個位置的啊？十多年寒窗苦讀熬到大學畢業，然後從最基層做起，絞盡腦汁去做好每一項工作，好不容易才升遷成爲鄉幹部。我的運氣算是不錯的了，還有機會做到縣委書記，但是這已經耗盡我大半生的心血了，本來我以爲再熬幾年，即使升不到副市長，起碼也可以回市裏做個局長什麼的。然後熬到年齡，風風光光的退休。這下倒好，你幾句話就讓我去政協提前養老了。孫守義，你說，換了是你，你咽得下這口氣嗎？」

孫守義反問道：「孫濤，你的意思好像是，你會到政協都是因爲我造成的？」

「難道不是嗎？」孫濤吼道。

孫守義說：「當然不是了，你有今天根本就是你自己造成的。你怪張怪李的，爲什麼不檢討一下自己呢？」

孫濤哼了聲說：「孫守義，我知道你想說什麼，你不就是想說在你市長選舉中，我想要跟你搗亂，推選別人做候選人嗎？」

孫守義不避諱地說：「對，我說的就是這個。你只想你自己有多委屈，有多悲慘，什麼前程被我終結了，提前到政協養老去了，你想沒想過，如果我沒當選，我現在會是一個什麼樣的下場？我的仕途又會怎麼樣？你憑良心說，是不是不會比你現在好多少？那時候我要怎麼辦？難道也拿著刀跟你拚命？」

孫濤說：「我最後不是沒搞成嗎？你不也當選了市長嗎？爲什麼還不肯放過我？」

孫守義說：「我當然不能放過你了，在那之前，我給過你改正的機會，甚至還許諾幫你，你又是怎麼對我的？如果換到是你，遭到下級這樣的對待，你要怎麼辦？我想換在你處在我的位置上，你也會懲罰那個不聽話的下級的。你既然敢玩這個遊戲，就要敢承受這麼玩的後果。現在拿把刀子對著我算是怎麼回事啊？你根本就是一個被人利用的懦夫。」

「孫守義，你別這麼囂張，」孫濤叫道：「你可別忘了，我的刀子還抵在你的後背上呢！」

孫守義冷哼說：「我沒忘，但我相信你不敢這麼做。你要知道，你可以一刀把我給結果了，然後給我償命，但是你的家人要怎麼辦？他們可是要背負著殺人犯家屬的汙名一輩子的，你真的想害你的孩子、你的父母還有你的妻子這樣子嗎？」

「那我不管，反正我豁出去了！」孫濤依舊叫囂著。

孫濤雖然叫的聲音很大，但是孫守義可以聽出來他的內心已經動搖了。

孫守義繼續說道：「孫濤啊，你好好想想吧，人活著一輩子是爲了什麼？不是爲了一個縣委書記的位子，而是爲了身邊疼我們、愛我們的親人。」

請續看《官商鬥法》II 17畫龍終點睛

官商鬥法 II 十六 政界不倒翁

作者：姜遠方
發行人：陳曉林
出版所：風雲時代出版股份有限公司
地址：105台北市民生東路五段178號7樓之3
風雲書網：http://www.eastbooks.com.tw
官方部落格：http://eastbooks.pixnet.net/blog
Facebook：http://www.facebook.com/h7560949
信箱：h7560949@ms15.hinet.net
郵撥帳號：12043291
服務專線：(02)27560949
傳真專線：(02)27653799
執行主編：朱墨菲
美術編輯：吳宗潔

法律顧問：永然法律事務所 李永然律師
　　　　　北辰著作權事務所 蕭雄淋律師

版權授權：蔡雷平
初版日期：2016年10月
初版二刷：2016年10月20日
ISBN：978-986-352-353-6

總 經 銷：成信文化事業股份有限公司
地　　址：新北市新店區中正路四維巷二弄2號4樓
電　　話：(02)2219-2080

行政院新聞局局版台業字第3595號 營利事業統一編號22759935

定價：280元　特惠價：199元

國家圖書館出版品預行編目資料

官商鬥法 II / 姜遠方 著. -- 初版. -- 臺北市：
風雲時代，2016.01 -- 冊；公分

ISBN 978-986-352-353-6（第16冊；平裝）

857.7　　105006537